船瀬俊介《ふなせしゅんすけ》＆秋山佳胤《あきやまよしたね》

令和元年トークライブ

「大団円」

波動《バイブス》と断食《ファスティング》が魂の文明をおこす

明窓出版

対談撮影：得能 英司

船瀬俊介《ふなせしゅんすけ》＆秋山佳胤《あきやまよしたね》

令和元年トークライブ

「大団円」

波動《バイブス》と断食《ファスティング》が魂の文明をおこす

ロータス～泥の中から咲く花

秋山　船瀬先生との、この対談の機会に心から感謝しています。

私たちは、この文明の変わり目に、示し合わせてやってきたと思うんです。

船瀬　そうですね、これからは魂の文明ですよ。デイヴィッド・ロックフェラーが、おかくれになりました（笑）。大きな転換期になっています。

秋山　先日、ロックフェラー4世（ジョン・デイヴィソン〝ジェイ〟ロックフェラー4世）の顔写真もシェアしていただいたんですが、私の秘書も、やっぱりあの顔は怖かったと言っていました。

でも、私は少しも怖いと思わないんです。

実は私も、魂の歩みの記憶を２０１８年の6月以降で思い出してみると、もう闇スタートだったんですね。極闇スタートだったんです。綿棒ワークを井上靖子さんから教えていただき、講演会のテーマとして「深い闇」を設定されて、綿棒ワークをしながら内観・瞑想を深めていったところ、思い出してしまったのです。

船瀬　真っ黒、漆黒の闇ですか。ご著書にも書かれておられましたね。

秋山　はい。漆黒のところからずっと、ほとんど闇の中で過ごしていました。そのうちにちょっとだけ光のほうに顔を出したので、今は皆さまにお会いできる状況になった、という記憶を取り戻したんですよ。

だから、ロータス（蓮）をモチーフとしているんです。泥の中から咲く花の。

船瀬　仏教でいう悟りの象徴だな。秋山先生の法律特許事務所名のロータスってそこから取ったんだね。

秋山　そうです。泥の中で根を生やし、やっと花を咲かせて光を浴びるでしょ。その記憶を取り戻したら、なんで自分が闇を恐れないのかがはっきりわかったんです。

だから、ロックフェラー4世の写真を見ても、全然怖いと思わないんですよ。むしろ、彼はちょっといたずらっ子で、地球でもいろいろとやってくれているんだなと。

船瀬　あっはは（笑）、それはいいね。魔王とも魂が交感しているんだね。

秋山　確かに怖い顔はしているんですけれど、私から見ると、悪役を一生懸命やってくださったなぁ、って思えるんです。

船瀬　私も実は、ロックフェラーについて映画のシナリオを書きたいと思ったくらいなんですよ。

デイヴィッド・ロックフェラーの『ロックフェラー回顧録』（新潮社）を読むと、彼には子供が6人いるんですけれど、長女と三女は特に父親に反発しています。娘が、「あなたは悪魔だ！」って言うんです。しょっちゅうそんなふうに言われていた。団らんの場の夕食時にも、戦争のような罵り合いがあったとか。飯食いながら、「地球の全ての悪はあなたが原因だ！」って。

秋山　それを、自分で書いてるんですか？

船瀬　書いてるんですよ。

秋山　それはすごいですね。

船瀬　つまり、愛情があるんだね、子供たちに。読んでいて僕も、さすがにデイヴィッドが気の毒になってきちゃって。

秋山　逆にね。

船瀬　うん。かわいそうだなって。僕にも娘がいるからね。

それで、2人の娘は悪魔に呪われたロックフェラーという名前を、私は名乗りたくないと言って、なんと父親と絶縁して母方の姓を名乗り続けたんです。

さすがは、ロックフェラーの娘だなと思ったよ。

秋山　そこは、選んで生まれてくる魂ですから。

船瀬　やっぱり、根性座ってるよ。

秋山　根性、座っていますね～。

船瀬　日本だったら、金持ちのぼんくら娘、ぼんくらボンボンになるところでしょう。

でも、そうじゃない。

それで、長女はカストロ政権の支援に回ったり、社会主義に身を投じたりね。

三女も、アマゾンの奥地で貧民救済活動をしたりとか。すごいなと思う。

秋山　それぞれのドラマがあるんだなと。

船瀬　あるんだな。それで僕も、「チルドレン・オブ・ロックフェラー」という映画シナリオを書こうと思っているんですよ。

秋山　ぜひぜひ。

ロックフェラーは、ホメオパシー信奉者だった

秋山　ロックフェラーといえば、初代ロックフェラーが、実はホメオパシーを使っていま

してね。お抱えのホメオパスがいて、いつでもホメオパシーを活用していたんです。もちろん、薬は絶対とりませんしね。〈注『ホメオパシーは、今から200年前にドイツの医師ハーネマンがその生涯をかけて確立させた自己治癒力を使う同種療法です。同種療法の起源は古代ギリシャのヒポクラテスまで遡ることができ、「症状を起こすものは、その症状を取り去るものになる」という「同種の法則」が根本原則になっています』〈日本ホメオパシー医学協会ホームページより〉〉

船瀬　笑い話だよね。だって、「石油王」は一万トン単位で掘った石油を原料に、ミリグラム単位の医療品を作り、世界を制覇《せいは》して「医療王」として君臨してきたんだもの……。

秋山　はい。ロックフェラー財団の職員にも、絶対に薬は使わせないんですよ。薬って、副作用で眠くなるとかあるじゃないですか。そうすると、仕事の効率が落ちる。でも資本主義というのは、自分の会社は効率良く、他の会社はそうではなく、というのが正当化される。

船瀬　ロックフェラー傘下のモンサント社員食堂では、遺伝子組み換え食品を一切使わないんだって。全て、オーガニック（有機食品）だって。

そりゃそうだよね。もう本当、笑い話ですよ。

秋山　そうですね。

船瀬　ラウンドアップとかグリホサートとか、とんでもない農薬を他人にはバンバン売っていながら、自分たちは無農薬のものしか食べないという。喜劇みたいなものですよ。

秋山　私は２００９年にホメオパスになって、すぐに無料講演会を始めたんです。予防接種と薬をテーマにして、グラフなどもいろいろ見せながら、親の立場になって一緒に考えましょう、と。

船瀬　それは、素晴らしい。

秋山　予防接種禍集団訴訟東京原告団メンバーの藤井俊介さんからいただいたビデオを上映したりですね。予防接種で、それこそ寝たきりになっているような方々のドキュメンタリーです。

あとは、アメリカでハンナ・ポーリングちゃんが予防接種で自閉症になったとして米国の保険福祉省を訴えて裁判で認められたという件のビデオを流したりとか。

そのときに、私のホメオパシーの先生の由井寅子先生が、「予防接種の講演をやる覚悟はあるのか？　命懸けだぞ」と言われたんですよね。

こっちも、これはもうミッションとしてやる、無料で講演いたしますと引き受けました。宿泊費も交通費も講師料も一切いりません、場所を決めて人を集めてくだされぼうかがいます、ということで始めたのが、講演会の始まりだったんです。

そのときに、由井先生は「危険を伴うミッションだけど、秋山さんなら大丈夫」と言ってくださったんですよね。弁護士ということもあったからかもしれません。

船瀬 そういう意味では、私は一度の妨害もなく、すごくスムーズにやれてきたんですね。由井先生は、私も尊敬している。迫力と覚悟の人ですね。

〝闇の勢力〟が本当に必要としているものとは

秋山 あるとき、上江洲《うえず》義秀先生の講演会で、主催者の方から「四川の大地震はＨＡＡＲＰと呼ばれるアメリカの装置で起こされた。それを起こした人たちは、薬を作っている人たちと、石油などの利権を持つ人たちと同じである」というのを聞いたんです。

それまでにも、そうした情報がいろんな方面から聞こえていました。

船瀬 いわゆる〝闇の勢力〟。わかりやすく言えば、フリーメイソン、イルミナティですね。

秋山 はい。それに私も、予防接種でかえってアトピーや喘息になっている子供たちの例をたくさん見ていたものですからね。罪のない子供を痛めつけるような人たちは、いなくなってしまえばいいと思っていたんです。

けれども、その地震もそうだと聞いたときに、もう一度、彼らのことを理解したいと思ったんですよね。なぜ、彼らはそんなことをするんだろうかと。本当に、幸せに至っている人が、罪もない子供たちを痛めつけたりするのだろうか、と思ったときに、私の中での答えはノーだったんですね。

船瀬　ほう……。それはどうして？

秋山　彼らのことを批判する前に、もっと深いところで理解したいと思いましてね。自分の潜在意識を内観していったわけですよ。潜在意識は全部つながっているので。そうしたら、彼らの気持ちがわかったんです。その元となっていたものは、恐怖だったんですね。

船瀬　なるほどね。よくわかります。恐怖があるから陰謀が生まれる……。

秋山　お金儲けのためというのは二次的なもので、このままでは世界の人口がどんどん増えていってしまう、でも、地球がサポートできる人口には限りがあるだろうと。このままではみんな共倒れになる、それよりは、人口を減らして、残る人がいたほうがいいんじゃないかと。

そうした、ある意味、建設的な考えから、彼らは計画を立てて実行しているということがわかったんです。

前提としては、人は食べなきゃ生きていけない、エネルギーは有限だということなんですね。

船瀬　いわゆる資源有限論。食糧危機説など典型ですね。

秋山　でも、私はすでにジャスムヒーン（注　固形食を摂取しないプラーナ栄養者、不食者〈ブレサリアン〉）さんと出会っていて、もう別に食べ物はいただかなくても命は維持できる、という世界を体験的に知っていたものですから、それは前提が違うよと思いました。

また、エネルギーも、みんなでフリーエネルギーを選択すれば、いくらでもゆとりがあるということを知っていたのです。

だから、恐怖を持っている彼らこそ、本当は癒しが必要だって気づいたんですよ。

船瀬　まったくその通りだね。恐怖心は人を傷つけるけど、自分も傷つける……。

秋山　彼らは恐怖から、不都合な人たちを排除しようと考えました。

残すのは、優れた人のほうがいい。優生学でいう黒人や黄色人種は汚れている、白人は清いという人種差別がありました。それと、ガブリエルが最後の審判をするときに、選ばれし者が残るというキリスト教の選民思想も。また、自分たちが神に代わってやろうという思想もあります。

でも、その考えは恐怖からきていたのです。

その、自分に都合が悪い人たちはいなくなってしまえばいいという発想は、私が、こんな予防接種や薬でひどいことをする人たちはいなくなってしまえばいいという発想と、まったく同じだということに、気づいたわけです。

船瀬　なるほどね。そこからさらに恐怖は増幅され、さらに対立が生まれる……。

秋山　彼らのことをそう思っていたら、同じ波動で共振共鳴して、その力を強めるというのもわかりました。逆に彼らの恐怖に愛を送って、癒すことが必要だったわけです。

船瀬　それは、相手にとっても救済が必要だよね。

秋山　そうですね。それで、予防接種の講演会などでも、彼らに愛を送りながら話していました。

それもあって、一度も妨害が入らなかったんだと思います。

上江洲先生に、質問させていただいたんですよ。

「愛を送りながら、そうした講演をしているんですけれど、どうでしょう」とうかがったら、上江洲先生も、「それは素晴らしいことですね」とおっしゃってくださいました。ホメオパシーについても、放射能対応レメディを、無償で1500ぐらいは配ったんですね。上江洲先生の講演会でも配りました。

そのときに上江洲先生が、

「あなたはもう、私の代わりに前に立って話をしてくれてもいい」って言ってくださいました。

それがすごく励みになって、その後も講演会を続けています。

船瀬先生については、予防接種が実は病気をつくる原因になるような、大変に深刻なものだということ、その真実を本当に身を張って伝えられている方がいるとうかがっていました。

船瀬先生はご講演を、本当に面白おかしくなさっていますけれど、いろいろな局面を乗り越えられてきているというお話も聞いています。本当に、以前から尊敬しています。

船瀬　あらあら……、そう秋山先生から面と向かって言われると……。

秋山　本当なんですよ。

船瀬　照れちゃいます（笑）。ありがとうございます。

宇宙の意図でプラーナクラブ結成

秋山　本当に、身を張ってやるってこういうことかと思って、いつかごあいさつできるかなと思っていたんですが、森美智代さんとはせくらみゆきさんと、プラーナクラブ結成イベントのときに、私が控室でコーヒーを出したんです。そこに、船瀬先生もいらっしゃったんですよね。

船瀬　そうそう。とっても香り高くて、美味しいコーヒーをいただいてね。

あれにはびっくり。

秋山　森美智代さんは、1日に青汁1杯で過ごされているときに、ちょっと孤独な感じがあったそうです。

甲田光雄先生も亡くなられて、ジャスムヒーンさんに会いたいと天に願ったらしいんですよ。でも、ジャスムヒーンさんにはすぐに会えなくて、では食べなくてもいいという方に会いたいと思ったら、はせくらさんが来た。あの方も、お水もいらないんですね。食べても食べなくても大丈夫。それで仲良くなったそうです。

船瀬　みなさん、常識というか次元を超えている。

秋山　彼らはちょっとぶっ飛んでいて、宇宙的ですから。２人は、ビジョンを描くとすぐ叶うんだそうです。プラーナクラブ結成イベントをやろうとビジョンを持たれて、私にも声をかけてくださったんですね。

ところが、私がいつもスロースターターでマイペースなものですから、結局、２年お待たせしました。はせくらさんから会いたいってお話があっても、「いやぁ、ちょっと予定が詰まってまして……」みたいな。どうせお迎えするならちゃんと時間をつくってと思っていたのですね。

私が会おうとしないので、彼らはおかしいおかしいと言っていたそうなんですけれど、ついにプラーナクラブ結成イベントに、私も参加することにしたんです。サンプラザ中野さんがいたり、白鳥哲監督もいましたかね。

船瀬　いましたね、白鳥監督も……。彼も本当に純粋な方だ。

秋山　面白い方々が。

船瀬　面白い面々でした。みんな、新しい時代を作る方ばかりです。

秋山　あと小林健さんがちょうどニューヨークからいらしていて、急遽司会をやってくださったんですね。

船瀬　この間も会いましたよ「Oh！　マイブラザー！」って声をかけてきて。とってもチャーミングな兄貴分ですよ、私の。やんちゃなね。

秋山　私から見ると、肝の座り方は、船瀬先生のほうがずっと兄貴分だと思いますよ（笑）。

船瀬　じゃあ向こうが弟分かな？（笑）

秋山　そうですね。

船瀬　健先生って少年みたいなところがあるんだよ。本当、キラキラしていて面白い。

秋山　昨日の、船瀬先生も私も参加したバイオレゾナンス医学会も、それぞれの先生方が素晴らしかったです。加藤直哉先生も面白かったですよ。

日本人は、男女の性の回数が圧倒的に少なくて、それでオキシトシン（注　俗に「ラブホルモン」「抱擁ホルモン」とも言われ、分泌されるとストレスの緩和や意欲上昇、多幸感が高まるなどの効果があるとされるホルモン）が出なくてね、なんていう話もされて。

船瀬　高橋徳《とく》さんも言っていますよ。オキシトシンのプロの先生。

やっぱり同じこと言っている。男女は、もっと大いに触れ合わなければなりません。だって、生命の原点だもの。

秋山　徳さんね。恋をするってすごく大事なんだって。

船瀬　そういうことそういうこと。ものすごく大事。

特に触れ合い、スキンシップがものすごく大切です。

秋山　それに、夫婦間でも友達でも、自分がやってあげたことっていうのは覚えているけれど、やってもらったことは忘れがちだと。

船瀬　本当は逆じゃなきゃいけないよね。

秋山　そう。逆じゃなきゃいけないと。

船瀬　恩は忘れるな、与えたのはすぐ忘れろと。

秋山　そう。「与えた恩は水に流せ、与えられた恩は石に刻め」って。

船瀬　有名な言葉があるね。

秋山　それ、矢山利彦先生も昨日言われました。いいお話ですよ。

船瀬　逆が多いんだよ。ギブ・ユーが少なく、ギブ・ミーばかり。

秋山　そう。与えたことは、普通のことよりも35倍覚えているんですって。

「与えた恩は水に流せ、与えられた恩は石に刻め」という姿勢が、パートナーシップのコツかなって思います。

「神聖幾何学」そのものの綿棒アート

秋山　神聖幾何学アーティストのトッチさんに、「綿棒アートを始めると変わるから、今が幸せいっぱいで少しも変わりたくないなら、手を出さないほうがいいよ」と言われました。そんな話をいろんな方から聞いていたけれど、もう囲まれて逃げられなくなっちゃったんですね。２０１８年6月から、これをつくり始めました。

船瀬　きっかけは綿棒アーティストに出会ったこと？

秋山　トッチさんに会ったことがきっかけではなく、トッチさんから間接的に影響を受けたんです。

船瀬　「神聖幾何学」は、ものすごく重要な波動の概念。私も拙著『世界に広がる「波動医学」』（共栄書房）で書きました。本当に宇宙の仕組みみたいなものを感じるよね。

秋山　この綿棒アート、ちょっと船瀬先生、触ってみてください。私が作ったものです。

船瀬　すっげぇ。ものすごく精巧ですね。

秋山　初心者の私がつくった1作目です。綿棒を折り曲げて。

船瀬　折り曲げてね。よくここまで見事に完成しましたね。

秋山　教わっていなかったし、本当にやり方もわからなかったんですけれどね。これ、向きがあるんですよ。４本の綿棒の束ね方に。雄と雌みたいな。その向きをどうやったらいいか、最初はわからなかったんですけれど。

船瀬　設計図か見本がないと、これ無理でしょ。
秋山　一応写真はありましたけれどね。
船瀬　写真はあっても難しいでしょう。
秋山　愛と祈りを表現したかったので、間違えたくなかったから熟慮したんですよ。一瞬だったんですけれど熟慮して、お願いしますって祈った。
　そしたら、ポーンと降りてきて、「わかった！」って思いましたね。その通りやったらピタピタッてハマって、組むのは２日間かかりましたけれど。
船瀬　たった２日で？
秋山　はい。この約２６００本を折り曲げるのは寝ないで一晩でやりましたね。

船瀬　それはもうあなたの意思を超えている。何かに動かされて、という感じだよね。

秋山　そうです。

船瀬　宇宙の意志ですか？　何かが降りてきたんだね。

秋山　そうですね。私のパンドラの箱を開けてしまったのは、先ほど述べた通り、井上靖子さんなんですね。井上さんとは3年前に出会いました。ホメオパシーのクライアントさんだったわけですけれども、ホメオパシーをきっかけにアトピーが吹き出していましてね。本当に大変な状況で死にたいとか言われていたこともあったんですけれど、なんとか乗り越えて、今一緒に仕事をさせていただいています。

綿棒については、磯正仁さんと井上さんから、真理を自分で気づく世界があるというのを教わって、逃げられなくなって始めたんです。

２０１８年７月１日、名古屋で彼女が開催したイベントが、第４回の私の講演会だったわけですね。

船瀬　その方は、昨日、一緒に演奏していた人？

秋山　そうです。

船瀬　若くてきれいで健康そうじゃないですか。アトピーだった？

秋山　3年前にアトピーの相談を受けたんです。やたら吹き出していて掻きむしっちゃって顔も腫れあがり、化粧もできなくなり、体にも出ていた。一生この顔の痕は残ると思います、仕事も全て失いました、死にたいですと言われたわけですよ。

船瀬　あらあら、そういう過去があったの。全然そうは見えなかったね。

秋山　それで、嘘でも、ときに希望というのが生きる糧になりますから、励ましたんです。「どんなに激しい嵐でも、いつかは必ず晴れますから」と。いつ来るかは言えないのがつらいんですけれどもね、自然治癒力が決めるから。

だけど、「速やかに晴れ間がくるように祈ります。あなたが元気になったあかつきには、一緒にコラボの講演会でもしましょうね」って元気づけていました。

株式市場に龍が舞う

秋山　それが実現したのが、2017年の3月です。2回目が8月、3回目が翌年の2月。

7月の4回目のときに、磯正仁さんがゲストでした。

この磯さんは、実はアジアで最もお金を動かした男。

船瀬　すごい男じゃないですか。つまりは、ビリオネア（億万長者）だ‼

秋山　そうですね。金融を仕切っていたロスチャイルドの仲間たちとも仲間だったそうです。そして、２０１７年にトッチさんに出会って、その世界に入ることにしたという。

株券も２０１８年９月１日に全部売って。

彼は、小さい頃からお金が好きで、家族４人で香港に渡り、投資会社を設立し、その株の投資で自分がトレーダーとなって勝ち続けていました。ワンクリック６百億円の世界を勝ち続けて、柱のない雑居ビルから４人でスタートして、１年で従業員１０００人。超一流ビルの１フロアを借りるようになりました。

船瀬　まさに神がかり……それはもう宇宙の力だな。

秋山　やっぱり、そういう世界を知っている方から勝ち方を教わったって言うんですよ。

船瀬　超能力ですよ、それもうはっきり言って。

秋山　超能力だけれど、本当に勝とうと思うと神々の世界を探求していくらしいですね。人から教わったのが、株式の取引をしていると動きがあるわけですよ、そのときに、目の前に龍が現れるんですって。

それで、龍が現れたときにすぐにクリックするのではなく、龍が目の前を通って自分の頭の上をしっぽが通るとき、その瞬間にクリックするっていうことを教わったんだそうです。

船瀬 完全に予知能力だよ。やっぱり超能力ですよ。神が与えた能力。まさに天与の才（ギフト）なんだ。

秋山 彼が株式市場に参入すると砂ぼこりが立つということで、「黒い爆撃機」ってあだ名がついたらしいんです。とにかく勝ち続けている。

それで、従業員1000人になったはいいんですけど、そういう世界って実はきりがないんですね。欲もきりがないし、逆に、失ったらという恐怖が出てくるらしいんです。

船瀬 やっぱりね。得るのと失うのは表と裏。プラスがあれば、マイナスがある。

秋山 そうです。もともとなければ失うものもないですから。1000人になったものの、実は、株の取引をするのは1人なわけです。1000人はみんな営業。他の人に任せられないからね。ワンクリックで6百億円の世界ですから。

それで、1000人いればその家族のことも背負い込むわけですよ。

休みも取れなくなって。他の人には旅行に行きなさいと言いつつ、自分はパソコンの画面の中で息を止めて龍のしっぽを捕まえなきゃいけない。集中しすぎて呼吸止めちゃって、自律神経失調症。極度の緊張から、極度の自律神経失調症になっちゃった。まだ若かったのに、電車に乗ったら若い女性から席を譲られたんですって。

船瀬　俺、6百億いらねぇや（笑）。巨万の富の〝負の側面〟ですねぇ。

秋山　そうして、気がついたら床におしっこが流れていたんだって。おしっこを垂れ流していても気がつかない。

船瀬　完全に自律神経失調症だね。金《かね》に神経をやられたんだ。

秋山　そう。でも、具合悪いところを従業員に見せられないわけですよ。だって、「うちは勝ちますからお金を預けてください」って言ってるんですから。

船瀬　そういうことだ。投資会社っていうのは弱み見せられないよね。

秋山　そう。それでついに、1000人の従業員の前で演説しているときにぶっ倒れた。泡吹いてぶっ倒れて、救急車。結局は、「そんな強制退場しかなかった」って言っていましたけれど。

船瀬　すごいストレスだね。金を儲けるって、大変なことなんだね。

秋山　気がついたらベッドの上でチューブだらけ。医者から、体中血栓だらけと言われたのだそうです。その血栓の1つでも、要所に詰まったらアウトです。
船瀬　アウトですね。ストレス性の血栓だね。完全にね。
秋山　そう。緊張から固めちゃうわけですね。
船瀬　そうそうそう。
秋山　心臓の大動脈の近くにも血栓がいっぱいあって。
船瀬　完全に死ぬ直前だね。
秋山　「30分後にそれが起きてもおかしくありません」って言われたんです。
彼は、お金はいくらでもあったわけですよ。でも何百億積んでも……。
船瀬　健康はね。命はね、買えないもの……。

スティーブ・ジョブズが最期に言いたかったこと

秋山　スティーブ・ジョブズの最期のビデオは観ましたか？

「世の中で一番高くつくものは何か知っていますか？」「シックベッドです」みたいな。

「車の運転手はお金を払えば代わりがいるけれど、このベッドで横になる代わりをやってくれる人はいません」という話でした。お金とかも極めた人の言葉ですから、重みがありますよね。お金はある程度そろったら、それ以上追い求めないほうがいいと。

船瀬　ジョブズも早かったよね。56歳で亡くなって。本当に残念だ……。

秋山　そうそう。その最期のビデオが胸を打ちましたね。お金がある程度あったら、音楽や芸術や、自分の好きなものに時間を費やしたり、家族との時間を大切にしたほうがいい。

船瀬　本当にそう思うよ。昨日、だから矢山君に言ったんだよ。「ちょっと休まないと駄目だ」ってね。医師という人の命救う仕事やっていて、本人はすり減っているんだもん。

秋山　あの方は武道家でもありますよね。昨日も、武道の技であるならば、一度見れば全て覚えられるっておっしゃっていましたね。

船瀬　言ってた言ってた。僕は、映画観たら、シーンとかが全部頭に入るんだって言ったら、僕は格闘技だ、と。面白いよね。僕は芸能演劇のほうにわーっていっているけれど、彼はやっぱり武道家なんだね。見ただけで大体、型がわかるって言っていた。

秋山　その矢山先生のお写真見て、お坊さんかと思ったんですよね？

船瀬　そうそう。高野山の高僧みたいな顔で写ってた。ずっと、年上だと思ってたもんなあ（笑）。おまけに、彼は心底優しい奴だからね。

秋山　そう。空海とご縁がある方だから、そこを見通されたわけですよ。

船瀬　あれ、この方は悟り開いたお坊さんみたいな顔しているなと思って、興味があったので、とりあえず電話してみたんです。

秋山　そうしたら？

船瀬　「船瀬さん、僕は田川高校の後輩よ」って言うから、「ええ?・」ってびっくりしました。

「妹の不二さんと同じクラスやったけん、不二さんどげんしよっとですかね」って言うから、「あなた不二と同じクラスやったん?」って聞いたら「うん、懐かしい」って言ってさ。だから僕より2つ年下。ずっと年上の方だと思っていた。

秋山　すぐ先輩の立場に逆転ですね。

船瀬　急に上から目線になって（笑）。それから矢山君なんですよ（笑）。

秋山　そうそう。矢山先生を、いろいろ行政からも助けてさしあげたりね。

矢山クリニックで役人と対決〝佐賀の乱〟

テメェら、首洗って待ってろ！

船瀬　立ち入り調査が来たときに、俺は怒鳴りつけてさ。あれは痛快だったよ。

三船敏郎になったんだよね。

日本の厚労行政は、ヤクザ以下だね。

矢山クリニックに、奴らは嫌がらせでやって来た。

俺は、用心棒役の顧問として、待ち構えていたんだ。すると、ぞろぞろ11〜12人、やって来やがった。中には中央本庁の厚労省から来た奴もいた。それに、地元の医師会の会長もガン首そろえて来たね。そして、冒頭に、担当者がこうぬかした。

「これまで、矢山クリニックに3回立ち入り調査しましたが、問題がありませんでしたので、監査に移ります」

呆れたね。調査で問題なければ、監査なんて必要ないでしょう。

嫌がらせが見え見えだ。

俺はこう言ってやった。

「おい、ちょっと待て！　刑事でも、家宅捜査のガサ入れのときは、裁判所に、容疑を申し立て『令状』を出してもらうだろう。じゃあ、矢山クリニック監査の〝容疑〟は、いったいなんなんだ！　答えろッ！」

もう、完全に三船敏郎が入ってたね。だって、椅子にあぐらかいて、腕組みしてにらみつけているんだ。相手は、鳩に豆鉄砲ですよ（笑）。

「……ア、アノ……容疑はですね。監査が、オ……終わってからお伝えします……」

これには、俺もぶち切れた。

「なんだと、もう一回言ってみろ。いいか、テメェらのやっていることは、立派な違法行為だ。刑法第二九三条違反、公務員職権乱用の罪、ならびに、刑法二三三条、営業妨害の罪、ならびに刑法二三〇条、名誉毀損の罪、ならびに、行政手続法違反……ならびに……」と、罪状を大声でまくしたてた。まるで検事の論告求刑だ。そして、こう言ってやった。

「いいか、テメェらの名刺は、ちゃあんとこちらにあるんだ。全員、刑事告訴するから、首を洗って待ってやがれ！」

そしたら、隣の矢山が、

「……先輩、頼むから、もう少しおさえてください……」と、袖を引っ張りやがる。

だから、あいつにも言ってやったよ。

「ウルセェ、用心棒の足を引っ張る奴がどこにいる！」

完全に、嫌がらせに来た役人連中は、凍り付いてたね。

役人は山口組よりタチが悪い

あとで、矢山君に聞いたら、その隣にいた顧問弁護士が、こう耳打ちしたんだって。

「……次回から、船瀬さん、呼ばないほうがいいですよ。役人、怒らせたらあとが怖いですよ」

弁護士ですら、こんな弱腰……。だから、奴らは付け上がるんだ。

ちょうど、このとき社会保険事務所から、混じって来てた、おとなしそうな奴がいた。

こいつが、私の親友、映画評論家の西村雄一郎と佐賀西高校の同級生だった。

そのあと同窓会で、西村が聞いたそうだ。

「矢山先生んとこの立ち入り調査、どうなってるんだ？」

すると、耳元でこうささやいたそうだ。
「他で言うなよ。アレは、船瀬さんが言ってることが全部正しい」

さらに、後日談がある。

この〝嫌がらせ〟を指揮していた、厚労省課長、住友ナニガシが、あとで数百万円の収賄罪で逮捕されやがった。金《かね》をくれた病院には、立ち入り調査に手ごころを加え、自然療法をやっている矢山クリニックなどには、がんがん嫌がらせをやってきた……というわけだ。

どうだい！　日本の役人は山口組より、タチが悪いだろう。

秋山　さすが、船瀬先生ですね（拍手）。感服しました。

宇宙のはじまりは「玄」（漆黒の闇）

秋山　7月1日の講演会のときに、磯さんと私がニビルつながりだって思い出しちゃったんですよ。やばいんですよ、ニビルって。

船瀬　ニビルって星でしょ？

秋山　はい。どういう星かというと、地球に3600年周期で近づいて、そのときに種まきをして。そのままた3600年さようなら、みたいな感じで、闇の種まきをしてるんですよ。

船瀬　稲刈りに来るんですか？

秋山　はい。でも、ドルフィン（松久正）先生とは、「シリウス・Bでご一緒でしたね」とか言われています。シリウスとプレアデスって、かわいい世界なんですよ。地球と近いし。地球さんと地球にいる人たちを助けてあげましょう、って、過保護なほどなんです。距離が離れてくると、アンドロメダなどは、友好的だけれどもっと淡々としています。それで、井上さんはけっこう直感的で天使系ですが、こっちは悪魔系なんですよ。

船瀬　そういえば秋山先生、「地獄を見たことある」って本に書かれていたね。

秋山　それは、生ぬるい地獄だったんです。

船瀬　まだ下には下があったと。ダンテの「神曲」の世界だな。「地獄」の次には「煉獄」がある……。

秋山　そう。まだまだ茶番の世界でした。井上さんから言われたのが、「私と磯さんの2

人は魂の兄弟です。かつて2人は深い闇を体験して、それを乗り越えて今があります」と。

この講演会では、「未だかつて人に話したことがない闇について語っていただきます」ってテーマ設定されちゃったんですよ。

『食べない人たちビヨンド』（マキノ出版）では、わかりやすい地獄については一応描写したけれど、未だかつて人に話したことがない闇についてって言われちゃったでしょ。これは今までのものでは駄目だと思って、自分なりに内観していったわけですよ。

私は、暗いところで目をつぶって瞑想なんてことはしないんですけれども、ちょっと思いついたときに意識を向ける、もしくは綿棒でアートしながら自分自身を見つめるなどとやっていったら、どんどん遡って、魂のスタートまでいっちゃったんですよ。それが、闇の極致だったんです。闇の極致はすごく静かな世界なんです。

『食べない人たちビヨンド』の地獄の世界というのは、ある意味、新宿のケバケバしいネオン街、もしくは、パチンコ屋さんの空気が悪く騒々しいところから光だけ消したような、超悪趣味で波動が悪く暗い、みたいな、そういう世界を描いたわけですよ。

ところが、今回行きついたところは非常に静かで。

船瀬　老子が同じことを言っていますね。宇宙のはじまりは「玄」であると。「玄」というのは、玄妙の玄。漆黒の闇という意味ですよね。

秋山　そうですか。私も司法試験の受験時代、老子のイラストを見るとなんかしっくりきてました。なんで時代を超えて同じ感覚の人がいるんだって不思議なぐらいだったんですよ。読まなくてもわかるという。

船瀬　それはすごいですね。宇宙のはじまりは「玄」である。「闇」だ……。

秋山　そこでは、本当に宇宙の中に自分の意識1つだけあるんですよ。まだ肉体を持っていないんですね、もちろん。その意識で、1つだけ確信しているんですよ。それが、「自分は完全に無価値である」ということ。完全なる自己否定。

船瀬　たぶんそれは、一種の悟りですね。「無」に戻ったんだ。

秋山　自分にはまったく価値がないから、次に出てくるのが罪悪感。存在自体が100パーセント罪悪感になるわけですね。

100パーセント罪悪感の中の願いは、ただ一つなんですよ。過去に遡って、自分の存在を消滅させたい。消滅してほしい。これが唯一の願い。

法律だったら、契約を解除すると契約の締結時に遡ってなかったことにするという技術がある。遡及効《そきゅうこう》というんですけれど。そんなふうにはじめからなかったことしたい。なぜなら、自分は無価値だから、何か痕跡を残してもそれも無価値だろう。人の記憶にもし残っているのなら、その記憶も消したいみたいな。なかったことにしたい、はじめから、と、こういう願いなんですよね。もう自分の存在を1欠片《かけら》も残したくない、このように切に願うわけですよ。

船瀬 だけど、「無」というのは究極の悟りの境地ですよ。禅宗の教えが「無」でしょう。それに目覚めれば、「三昧」「解脱」「涅槃《ねはん》」の境地に至るのでしょうね。

秋山 ところが、やり方がわからないわけです。そんなこともできないわけですよ。ですから、自分は無知である、となるわけですね。自分の唯一の願いも自分で叶えられない。自分は無力である。無知で無力でやっぱり無価値だって、こうなるんです。

無価値だ、だから消したい、けれど無力でできない、無知でできない、やっぱり無価値だ。このひたすらぐるぐる回っている意識状態を思い出したんですね。

平面で回っていると、きりがないじゃないですか。1万年とか5万年みたいな区切りがあれば、待っていれば良かったんです。ぼーっとしていれば、それくらいすぐ経ちますからいいんですけれど。ただぐるぐる回っていたら、1万年、5万年でも解決しないんですよね。

ぐるぐる回っていると、だんだん意識がもうろうとしてくるわけですよ。もうろうとしてくると、ふらふらしてくるんですね。例え的にニュアンスを伝えようとしてこんな表現をしていますけれど。そのふらふらしてきたのが、微妙なゆらぎとなって……。

船瀬　波動ですね。宇宙の波動エネルギーと一体化したんだ……。

秋山　音にもならないゆらぎ。そのゆらぎが、ぐるぐるの回転角をちょっと螺旋にしたんですよ。闇の底だったのが、ちょっとその上。またぐるぐる。またゆらいでちょっと上。ぐるぐると。

ちょっとずつ螺旋、ときにぐるぐると回っていることも多いんですけれど、今生になって、やっと光と闇の間くらいの中心ってところに顔をちょっと出して、っていうプロセスを思い出したんです。どこでもフォーカスすれば思い出せる。それこそDVDをセットして再生できる状態みたいに。

それで、途中から肉体を持ち出すわけですよね。肉体を持った瞬間にすることわかりますか？　自殺です。

船瀬　肉体を消滅させようとする。

秋山　はい。だから、自分を消滅させたい。肉体を消滅させると自分が消滅するからみたいな、錯覚を覚えるところあるじゃないですか。やるんだけれど、甘くないんですよね。肉体を失っても、意識は何も変わらないから。こういうことでパンドラの箱が開いちゃったんです。

幼年期に及ぼす予防接種の害

秋山　実は私は、幼稚園の頃から死にたいと思っていたんですよ。
船瀬　死にたい？　それは早すぎないですか？
秋山　だって、「自分にはどこもいいところがない」と思ってましたから。
船瀬　そういう思いはありますよね。
秋山　はい。それこそ予防接種の害で手が震えちゃって、線が真っ直ぐ引けなくて。で、自家中毒。もうね、それこそ家でも吐いて。
船瀬　ウーン……それは、完全な自家中毒の症状だ。
秋山　乗り物に乗るたびに吐いていた。車でもバスでも。だから遠足とかいい思い出なくて、生きているのがつらくて。体もうまく動かないし、こんな自分が生きていて食べ物を食べるのも申し訳ないと。餓えたアフリカの子供たちについて報道されるじゃないですか。それが悲しくて。目の前には食事が出てくるわけですが、あんまり食欲もなくて。断ったとしても、それがアフリカに届くわけじゃないし、無力を感じていました。こんな自分が生きていても、迷惑をかけるだけじゃないかと食べ物も減らして。自分が生きていても、空気を減らすだけじゃないか。

自分の価値が感じられないので、死にたい、みたいに思っていたんですよ。

船瀬　つらい幼年期ですね。

秋山　はい。しかも私はのんびり屋でマイペースだったので。その上、引っ越しをした先で意地悪されて、半年間、幼稚園に入れてもらえなかった。その地域は子供も多かったし。

船瀬　最悪だな。それはまたきついね。

秋山　幼稚園に入ったのは年中の後半からだったんですね。でも、それも自業自得だったんですよ。その幼稚園の入園試験に、珍しく父が連れて行ってくれたらしいんですけれど、転入という特別なことだったので、園長先生が面接したわけですよ。

「名前は?」って聞かれたのね。そしたら私は、子供心に、たぶん威圧的に感じたんでしょうね、「あんたの名前は?」って聞き返しちゃった。

船瀬 おぉ、なかなかのちびっ子じゃないですか。

秋山 うちの父は恥を知らない、厚顔無恥っていう感じの人だったんですけれど、その父が冷や汗をかいたって言ってたぐらい。

船瀬 たいした度胸ですよ。これは、将来見込みがあるね(笑)。

秋山 確かにね。その頃は。

入園試験では、折り紙を渡されて、折ってくださいみたいな課題が出されたそうなんですよ。折り紙、見たことなかった。私、1歳のときも、ひたすらコマを回していた。コマ以外のものも何でも回していたって言うんですけれど、ひきこもりだったんです。

折り紙を初めて見たでしょ? それで、「折り方がわかりません」って言えばまだかわいげがあったんでしょうけれど、初めて見た折り紙をぐちゃぐちゃにして投げつけて、「ぐちゃぐちゃなおばけだ!」って、言っちゃったらしいんですよね。

船瀬 かっこいい。見込みありますよ、それ。たいしたもんだよ。

秋山 親分からはそう言ってもらえるけれど、もう園長先生からすれば、ね。

船瀬　「何この子は？」ってなるよね。

秋山　ええ。それで、半年入れてくれない、みたいな。年少からの子供に比べて1年半遅れているわけでしょ。しかものんびり屋でマイペースで。大人になっても、はせくらさんや森さんを2年、待たせてたぐらいですから、のろいわけですよ。

それで、一応入れてもらったんですが、お絵かきの時間があるじゃないですか。私はぼーっとしているから、お絵かきの時間が始まって、机の中からクレヨンを出すまでに終わるんです、絵を描く時間が。

船瀬　……それ、相当のんびりしていますね。大物だよ。本当に面白くって、将来、何かをなすのは、そんな〝変わった子〟なんだよ。

秋山　しまうまでに次の時間も終わる。

船瀬　たいしたもんだ。

秋山　そうなるとどうなると思います？　女の子のほうが成長が早いので、左右前後の女の子が私の世話をはじめるわけですよ。「秋山くん、お絵かきの時間ですよ」って言って、机の横からお道具箱を出してくれたり。「それはこう開けるの」とか言ってね。

船瀬　あらあら。かわいらしいね。

秋山　四方から指導されて。

船瀬　ちびまる子ちゃんみたいな。

秋山　それでも、ぼーっとしているみたいな。そうすると授業にならないわけです。私1人のために4人の犠牲者が出るわけでしょ。前後左右。幼稚園の先生はそれを見て、私を立たせるということで4人を救ったわけですよ。予防接種なんかも、亡くなる人はいるけれど、一応正当化するのは社会防衛論ですよね、いわゆる。

　私は、幼稚園の授業で、毎時間毎回立たされていたわけですよ。毎日立たせているから、日常の光景となり、先生も忘れて帰っちゃうくらいで。

船瀬　ひどいね。

秋山　私の母が迎えに行くと、おませな女の子が、「秋山くん立たされていたよ」って教えてくれるんですよ。何か息子がまずいことをしたのかなって母は思って、職員室に行くわけですが、担任の先生は帰っちゃってていないわけです。大学出たての若い女の先生しか残ってなかったので、うちの父は喜んでいたらしいですけれど（笑）。

　でも、私は毎回立たされてのけ者扱い、邪魔扱い。死にたくなりますよね。

船瀬　それはちょっときつい幼年期だね。

秋山　今だったら大変です。モンスターペアレンツなんて相談もいっぱい受けましたけれど。母は優しい人だったので、涙を飲んで見守っていたんですね。
船瀬　なるほど。僕なんか田舎育ちだからね。稲刈りしたり田植えしたりね。良かったですよ、ローカルボーイで。幼稚園にも行ったことないんですから。
秋山　幸せですよ。
船瀬　田んぼで遊んだりとか、鬼ごっこしたりとか。本当良かった。
秋山　やっぱり、ベースの足腰の強さっていうか、鍛え方が違いますよね。
船瀬　俺なんか都会に生まれていたら、生意気なガキになったと思う。
　箸にも棒にもかからない。田舎の少年で良かったですよ。家族総出で農作業ですよ。田植えとかね、栗拾いとか。春になったら山に行って、ワラビがわんさか取れるんだもん、裏山で。あと、つくし取って、夜はつくしのはかまを一つひとつ取って。良かったよね、考えてみたら。
秋山　いいですね。私もそういう田舎生活には憧れてました。夏休みとか、田舎がある子供は川で泳いできたとか、カブトムシを取ってきたとかみやげ話をしてくれてましたが、あれがうらやましくて。私は東京で生まれて横浜で育ちましたから。

船瀬　完全なシティボーイだよ。

秋山　そう。また大学も東京で、一人暮らしでした。予防接種の害などもあって、体力がなかったから自然が怖くて。

船瀬　ダイレクトにもらったんだね。ワクチンのダメージを。

秋山　そう。私の体質がホメオパシーでいう根本体質がシリカ（ケイ素）なので、弱いんですよ。

症状として外に出せない。毒が血液に溜まってね。だから、慢性疲労になっちゃうんですよ。

船瀬　わかる。体毒として溜まっていくんだな。幼いときはつらかったよね、きつかったね。

秋山　もう、自然が怖くて田舎には行けませんでした。あの強いエネルギーが耐えられなくて。都会の、それこそビルの人工的なところじゃなきゃ、無機質じゃなきゃ駄目みたいな……。

船瀬　そうそう。自然というのはパワーがあるから、弱いと、そのパワーに負けちゃうんだよね。

秋山　そうなんです。

船瀬　夏の暑さとか、春先のムワーッと立ち上る草いきれとかさ。原始の力ってあるからね。本当は、あの波動をもらえるといいんだけれど。

自然のエネルギーと共鳴しプラーナで生きる

秋山　はい。でも、それをもらうには受け皿がしっかりしてないと。自分の場合は、ジャスムヒーンさんと出会って、だんだんプラーナで生きるようになってきました。そうすると、自然のエネルギーと共鳴しやすくなるんです。

船瀬　自然は荒々しいからね。暑さ、寒さもね。

秋山　そう。おかげさまで、今が、生まれてから一番体力があって、１００メートル走っても、今が一番速いんですよ。

船瀬　幼年期は修行の機会だったんでしょう。

いじめから、学校教育とかね、試練だね、それは。小さい子にはきつかったな。

秋山　腰痛もずっとあってね。頚椎のずれなんかもあって、頭痛持ち。

船瀬　都会っ子って大変だね。俺なんか中学では、自転車で４キロの峠をぎゅーっと登ってた。１・５キロくらいは、ケツ上げてこぐんだよ。ギアもない時代で。
秋山　昔は今みたいに、電動自転車なんかなかったしね。
船瀬　だから、そのときに今の体ができちゃった。肺活量は５、６０００くらい軽くいってたみたい。筋肉質の逆三角型のこの体型ができたのは、自転車通学のおかげですよ。
秋山　やっぱり鍛え上げ方が違いますよね。このお役目をするには、やっぱり最後は身を張ることになりますし。
船瀬　今も筋トレで鍛えているからね。
秋山　私は江戸川アパートという、同潤会の築70年のアパートに、大学から12年ぐらいいたんです。私の母の父が西村孝次っていうんですけれど、評論家の小林秀雄さんのいとこでね。『オスカー・ワイルド全集』を完訳したのが、その西村孝次なんです。
船瀬　超インテリ家系ですね。
秋山　そうなんですよ。学者家系でサラリーマンはいないですし。
　丸山ワクチンの丸山千里さんも、同じ江戸川アパートにいました。母なんか２、３歳のときに、丸山さんに頭に注射を打たれて、痛かったとか言ってました。女優の坪内ミキ子さんとかいて、一緒にバレエやってたとか。

船瀬　そうそうたる顔ぶれが周りにいたわけだ。

秋山　戦時中に東京から疎開する方もいたので江戸川アパートも空いて、すっと入ったらしいですけど。ブルジョワのアパートだったんです、その当時。

船瀬　聞いただけでわかりますよね。

秋山　関東大震災の直後に建てられた、日本で初めての耐震建設。

船瀬　ガッチンガッチンでね。

秋山　横に倒しても大丈夫。

船瀬　それは素晴らしい。だけど、子供のときから与えられた役割でしょうね、先生になってもこういう活動をなさってるのもね。

秋山　本当におかげさまで、今はね。

パレスチナ・イスラエル平和の旅

秋山　闇の記憶を取り戻した話に戻りますが、闇の全て、悪事を担っていたサタンのまたの名が、堕天使ルシファー。そのルシファーのチャネリングを30年続けられてきたのが山田征《せい》さん。

山田さんが2018年5月17日にいらしたんです。私が、活字が苦手で本をほとんど読んだことありませんって言ったら、じゃあCDを送りますって言われて、それがルシファーの詩を彼女が朗読したライブの録音だったんです。

それを聞いたら、もう涙があふれて止まらなくてですね。

さて、パレスチナとイスラエルの両大使が会談したことがありました。民間の共同インタビューでしたが。私も、不思議なことに、コーヒーをきっかけにその場に立ち会っていたんですよ。

船瀬　ええ？　本当⁉

秋山　ええ？　でしょ。その場で平和の旅が企画されて、パレスチナ5日間、イスラエル5日間。両方でパスポートにスタンプを押さないということで、行ってきたんですよ。

船瀬　だってパレスチナとイスラエルって、今まさに一触即発のところだよね。

秋山　そのときの映像も残っていますが、オペラ歌手とか友人の映画監督もいてね。イスラエル側は元イスラエル駐日大使館のエリ・コーヘンさんが案内してくださいました。

フリーエネルギーの科学者も、一緒に行きました。砂漠を緑化するという技術的なテーマでした。このインタビューの様子が、インターネットに流れたんですよ。

船瀬　それは素晴らしい。それこそ秋山先生の天命ともいうべき仕事だね。

秋山　個々のインタビューはもう終わっていて、共同インタビューを主催の山元雅信さんが思いついて両方ともアポが取れたんですが、直前に断りが入ったそうです。

本当は私たちは仲良くしたいんだけれど、命が狙われるからできないって。

船瀬　そうだね。襲われる可能性ありますよね。

秋山　そう。それで山元さんから電話があって、「秋山さん、ドタキャンが両方から入っちゃって困ったことになったんだけれど、コーヒー出してくれないかな?」って言われました。

私がコーヒーを出すことを了解したあと、両国大使は考え直して会談に応じて、結局実現したんです。

私たちは、平和のために日本人として何かしたいと思ってね。

本当に職業も年齢もバラバラの、いろんな方がいました。ジェリコの県知事、市長、大臣クラスがみんな出てきました。

イスラエル側は、エリ・コーヘンさん。２００４年くらいに駐日イスラエル大使だったんですが、モーゼの直系の子孫です。私の事務所から歩いて7、8分のところに今もオフィスがあります。空手の松濤館の五段です。

船瀬　それまたすごい。すごい人だらけだな。先生には、「引き寄せ」のパワーがあるんだね。

秋山　近くの靖国神社で、いつも奉納演舞をされています。

エリ・コーヘンさんがイスラエルの英雄なので、彼がどこにでもコーディネートしてくれて、極東の責任者に会えましたよ。

ヨルダン川にも行きました。イエスが地上に降りてヨルダン川のほとりで洗礼を受けるとき、ルシファーが待っているという場面が山田さんの詩に出てきます。イエスは十字架を背負ってるときもそこに行っていました。

YouTubeで「#29 BLUE　EARTH　3.0」と検索すれば今も見られます。

それぞれの国の大使って、自分の国の伝統、文化、食事の素晴らしさを宣伝するみたいなところあるでしょ。お互い語り合ったあと、「うちの国へ来てください」って言うんですよ。そこで、山元さんがつっこんだわけですよ。

「それぞれの国が素晴らしいことはわかりました。来てくださいっていうのもわかりま
す。でも、こちらの国に入国したら、あちらの国に入れなくなるんですよ」って。
「それじゃあ安心して行けないじゃないですか」って言ったら2人の大使が腕組みし
て、そりゃそうだな、と。

船瀬　あんがい、みなさん素直なんですね。

秋山　そこで、私たち大使が平和の旅を企画しようとなったんです。パスポートにはスタンプを押さない扱いにしよう、別紙にスタンプを押すという裏技があると。

推薦状を書こう、5日間ずつ均等だったら国際問題にならない、バスも国を渡る時に乗り換えるなど、公平にしようと提案されました。これが２０１１年の年末でした。

そして、それが翌年以降実現し、２０１２年の5月のゴールデンウィークに1回目。翌年の5月が2回目。翌年の11月が3回目となりました。3回目のときは、パレスチナではアッバース大統領官邸に招かれ、みんなそれぞれ、アッバース大統領に会いました。アッバース大統領と会って3年経ってから、この間 Facebook に写真を上げたんですけれどね。

本当にいい思い出になっています。コーヒーきっかけで、まさかこんなことになろうと

はという。

ブータンの国王とも会えましたし、ギャグみたいな人生かもしれませんね（笑）。

吉野安基良《あきら》さんとアマゾン熱帯雨林に行った理由

船瀬　世界が、平和のほうにすーっと動き始めたね。

秋山　本当ですね。

船瀬　朝鮮半島もそうだし。

秋山　本当ですね。私も矢作直樹先生と並木良和先生の対談のときに聞いたんですけれど、「ロシアのプーチンが闇から光のほうに動き始めた。それによって、金融をいろいろ仕切っていた人たちで内部分裂が始まって、自分たちだけ良ければいいっていうのはやめようという方向性が現れた」そうです。

船瀬　先生が、そういう動きのキーパーソンとなったのは、やはり、天の采配のような気がします。やはり、先生は、選ばれたのでしょう……。

あと、戦争起こして稼ぐのはやめようという雰囲気になってきたね。

秋山　そうそう。それこそ震災の2011年3・11のときと同じくして、ロックフェラーの方々が力を失ったって聞いたわけですよ。

船瀬　そう。急激にね。もう〝闇の勢力〟が支配する時代じゃないんだよ。インターネットでも、すぐには悪事は露見、拡散するでしょ。

秋山　ある世界の首脳会議に、いつもは呼ばれるロックフェラーに声がかからなくて、ヘリコプターで乗りつけたけれど相手にされなかったって聞きましたよ。

船瀬　ありました。ビルダーバーグ会議かな。闇を支配していた人たちが急激に力を失っているんですよ。

秋山　それと、アマゾンの熱帯雨林でまったく電気のない村に行ったんですよ。1週間かけて、奥地まで。星空がすごくきれいで、天の川もはっきり見えていました。昔の人は、天の川のことを天の背骨と言ったそうですが、それくらいはっきり見えていたんです。
　ところが、今は電気をいっぱい使うようになって、空気が汚れて見えなくなってしまった。

船瀬　空気が、めっちゃ澄んでるってことだろうね、これ。

秋山　はい。これ三脚なしで手持ちで撮ったんです。もう感動して、この感動をみんなに

シェアしたいっていう一心で撮ったんです。

船瀬　三脚なしじゃ、普通無理だと思うけれどね。

秋山　流れ星が写っているんですよ。ハーフサイズのカメラで、24ミリF1・4のレンズで撮ったんですけれど。

でもこれも、やっぱり闇があるから光が際立つんです。はじめは月が出ていたんですけれど、月ってけっこう明るいんですよね。月が見えなくなって、ここまできれいな星空になったんです。

アマゾンに行ったのも不思議なことでしたね。

船瀬　きっかけは、なんで行かれたんですか？

秋山　２０１０年でしたか、私に法律相談したいと大分県からみえた方がいまして。

事前に資料を送っていただいたほうが、時間を有効に使えますからと伝えたんです。

そうしたら本の原稿が届きました。まだタイトルがついてなかったんですが、『グレートシャーマン―アマゾンからの祈り』として今は出ています。吉野安基良さんという方が、20年の間、環境保護活動をしてきた、その前半の10年をまとめたノンフィクションなんです。

船瀬　それはなかなか魅力的だね。

秋山　これを読めばわかるからと言って贈られた原稿を読んでみたら、スケールが大きすぎて、法律相談という枠を超えてたんです。

船瀬　法律相談じゃなくて、出版社をどこか紹介してくれって言ってたんじゃないの？笑っちゃうよね。

秋山　そうそう。出版社の紹介まで頼まれて。結局、たま出版から出ることになったんですけれど。吉野安基良さんはその当時、還暦ぐらいだったんですが、33回アマゾンに行っていて、１９９２年の地球サミットには日本のＮＧＯ代表として参加したそうです。

船瀬　いるんだね、そういうすごい人が。ミスターアマゾンだよ。

秋山　その活動を聞いたら、昔からすごいんです。中学のとき、沖縄の女の子が米軍のトレーラーの下敷きになっちゃったときに、抗議活動を始めて、学校を超えて署名を集めました。代表してＧＨＱに抗議をしに行ったら、「何しに来たんだ？」って言われて、コーヒーを出されたそうです。で、自分はコーヒー飲みに来たんじゃないと。

船瀬　たいした中学生だよ。それはたいしたもんだよ。

秋山　その場で強制的に帰されたんですが、その様子が写真に撮られて新聞記事になったものだから、中学も退学させられて。

船瀬　そりゃほんまもんだよ。

秋山　その方は、40年前に無農薬の野菜を作る法人を立ち上げて、熊本で大々的にやっていました。

船瀬　やり手だね。いるんだね、そういう人が。

秋山　その方がちょうどこの間、船井勝仁さんと対談した様子が、『ザ・フナイ』に載っていました。迫力のある男性です。熊みたいに。

船瀬　すごいもんだ。そういうエネルギッシュな人が、これから必要だね。

秋山　いらしたときの、その活動の話がすごいと思って、何かお手伝いできることがあればって言ったんですよ。そうしたら、まずは現状を知っていただくのが先決ですって言われました。

船瀬　それで、原稿送ってきたんだ。

秋山　そう。現場主義ですから。それで理解したので、翌年、40日間アマゾンの熱帯雨林に行ってきたんです。奥地に行くまで1週間かかるから。40日といっても決して長くないんです。だって往復で2週間かかるんですから。

アマゾンに行ったあとは、どこに行っても近いと思うようになります。飛行機13時間だけなら近いわ、みたいな。

飛行機に乗っていても、私が水も食事もとらないものですから、行きのCAさんが心配しまくるんです（笑）。

船瀬　食欲がないのは病気だからと思われちゃうんだよね（笑）。

秋山　そう。水も飲まなかったから。でも帰りの便では、ちゃんと申し送りされているから大丈夫なんです。それこそぼーっとしてたり、映画を5本も観れば、13時間なんてあっという間ですから。

石の波動との響き合い

秋山　これは、新潟のコロナの内田会長から送ってもらった、サヌカイトという石です。内田会長は『あなたの宇宙人バイブレーションが覚醒します!』（徳間書店）の本を読んでくださって、「ここまで書いて良かったんですか?」とか言われて。シンギング・リン（注　ヒーリング楽器）のことを書いたら、「ヒーリングに用いるのに最もいいものがあります。それがサヌカイトという石です」と言ってプレゼントしてくれたんです。

讃岐地方だからサヌカイトと言うんですね。

（*リンを鳴らす）

船瀬　いい波動が出ますね。

秋山　私の場合は、サヌカイトを石笛としても鳴らせるんです。

船瀬　石笛?

秋山　はい。どんな石でも鳴るんですけれど。

船瀬　それはスゴイ!　穴が空いている?

秋山　いいえ、穴が貫通しちゃうと鳴らないいんです。吐く息の周波数と、石の周波数が合うと共振共鳴するんですね。

船瀬　これは、普通の人には、絶対に不可能ですよ。まさに「神通力」という特殊能力だと思います。石が共鳴振動して、大きく音が出るわけか。

秋山　はい。私はこの石笛、実は習ったことがないんですよ。初めて吹いたのが2018年4月4日で。

船瀬　習ったことがない……⁉　共鳴効果、いわゆるオシレーション（共鳴）ですよね。

秋山　そうです。以前、健康相談のクライアントさんで元気になった方がいらして、おうちで個展やるから来てくださいと言われました。お祝いで演奏するためライアー（小型の竪琴）とインディアンフルートと葦笛《あしぶえ》と、ちょうどその日の朝に届いた石笛を持って行ったんです。石笛はまだ音を鳴らしたことがありませんけど、気持ちで奏でさせていただきますので、気持ちを納めていただければと言ってやったら、ピャーと音が鳴って。

船瀬　私、石笛って今日初めて知りました。

秋山　本当は石の笛と書いてイワブエと読むんですけれど。

船瀬　イワブエって読むんですか。

秋山　どんな石でも鳴るんですよ。そしたら、どんどん石が集まってきちゃって。

船瀬　渓谷を風が渡るときも、そんな音が鳴っている気がするね。共鳴で……。
秋山　でも、鳴らそうと思っても鳴らないんです。鳴らそうと思うと自分の我が入るじゃないですか。すると、自分の周波数になるんですね。石の周波数と響き合えない。
ところが、鳴らそうという気持ちを捨てて意識を無にすると、自分の意識が石と一体になってくるんです。石の気持ちになるわけですね。そうすると石の波動との響き合いで鳴る。そういうことなんです。
船瀬　先生、冗談もそうなんですよ。観客を笑わそうと思うと笑わないんです。「なんや、この空気は！」言うてね、スベるんですよ（笑）。あれ面白いね。無心で、ワッとやると、ワーッと湧く。
秋山　船瀬先生は、本当すごい。場の仕切り方っていうか、完全に自分の場をコントロール下においているんですよ。
船瀬　いろいろ経験ありますよ（笑）。「一発ギャグ決めたろか！」って意気込むと、シーンとしている、「ありゃスベった」って（笑）。
秋山　仕組もうとすると駄目ですね。
船瀬　あれ面白いね。観客に伝わるんだね。笑わしたろうという我が出ると、どんな面白いこと言ってもシーンとしている。

秋山　そう。笑わしたろうというのが相手からするといやらしく感じちゃう。

船瀬　そうそう。

秋山　すると、笑ってたまるかってなるのね、潜在意識的に。

船瀬　そういうときは、波動がピッと止まっちゃってる。無心でやると、1つの共鳴でわーっと笑いが湧くんですよ。

秋山　無心になると向こうも無心になるから、鮮やかに決まるんですね。

船瀬　笑わしたろかって、もう上から目線でいくと、それはもう我が出ているから聞くほうも我が出て、波動がゴッチンと衝突して、シーンとしているわけですよ。
　だから下手な芸人というのは、それはもうね。俺、お笑い芸人見ていてわかるもん。
　ほんまの天才は無心でブワッとやるんです。下手な奴ほど、「これちょっと一発ギャグ決めたろか！」いうて（笑）。

「神聖幾何学」の図形波動で、生命波動がスイッチオン

秋山　志賀一雅先生という方がいらっしゃるのですが、50年もの間、松下幸之助さんのお弟子さんでいらして、松下で脳波の研究をしていらして、その集大成として２０１８年４月に本を出されたんですよ。

船瀬　脳波の第一人者ね。

秋山　そう。その方が注目しているのが、10ヘルツのミッドアルファ波と、7．83のスローアルファ波。スローアルファ波のことはシータ波と言ったりしますよね。

２０１６年の8月でしたか、志賀先生が私の事務所に来て、私の脳波を測ったんです。「プラーナだけでなぜ生きられるか」というような対談をして。

彼の頭にも私の頭にも脳波を測るバンドを巻いていました。そうしたら、私の脳波が、好きなことに夢中になって遊んでいる子供の脳波と、何も考えていない赤ちゃんの脳波と同じように出ていたっていうわけなんです。

船瀬　いいね！　素晴らしい！　最高じゃないですか。「遊びをせんとや生まれけむ」ってやつだよ。最高の脳波ですよ。

秋山　志賀先生によると、10ヘルツのミッドアルファ波だと、例えば演奏しても、うまいねって感じるらしいんですよ。それが赤ちゃんのように無心になると7・83ヘルツが出てくるそうです。

船瀬　あれ、「地球の固有振動」シューマン共振の最初の山なんですよ。

秋山　そう、地球の持っている波動です。そうなるとね、うまいとかじゃなくて自然と涙があふれてくるみたいになるんです。

船瀬　わかります。だから無心というのは最高ですね。禅もそうじゃないですか。

僕は韓国の禅のお坊さんと付き合っていてね、有名な沖ヨガ道場なんか行くんだけれど。

小津安二郎だって墓碑銘が「無」ですから。禅の教えって無じゃないですか。みんな、なんで禅寺に入るかっていったら、無心になりたいからなんですって。でも、これじゃあ永遠になれんわけよ。だって、「無心になりたい」、「無心になりたい」って思うこと自体が、無心じゃないやん、ということ。赤ん坊は、まずは無でしょ。

秋山　瞑想のときに難しいのは、雑念が生じないようにという雑念が生じちゃうこと。

船瀬　考えたらあかん、考えたらあかん、って考えてる。もうコントの世界ですよね。

秋山　そこでいいのは、綿棒アートなわけですよ。綿棒は、「ここところを調和でつなげて」っていう瞑想のようなもので、余計なこと考えないですから。

船瀬　コンセントレーション（集中力）ですね。

秋山　そう。しかも扱っているのが生命波動なんです。

船瀬　いわゆる思いが結晶化していくというのかな。面白いね。

秋山　三角形ベースが基礎の形なんですけれど。ベクトル平衡体です。

船瀬　なるほど……。それは、〝神〟の意志――つまり、宇宙の基本原理なんだ。

秋山　それから、一辺の代わりに4本を束ねて作るようになりました。形はそんなに難しくない。

しばらくそれを作ったあと、五角形ベースを作りたいと思って、見本もないのにできたんですね。嬉しかったですね、自分で作ったときには。

船瀬　自然界で結晶していくじゃないですか、水とか鉱物が。それと同じなんだろうね。

秋山　そうなんです。この五角形って水なんですよ。

船瀬　水ですね。結晶体は無心である。だからやっぱり、結晶構造をつくる波動と通じているんだろうね。

秋山　そうです。赤い正四面体を中心にしてプラトン立体が入れ子になっている綿棒アートがあるんですが、私の魂の兄弟、磯正仁さんがつくってくれたものです。

２０１８年９月３日がロータス事務所10周年で、そのお祝いでくださいました。

正四面体の火のエレメントの次にある正八面体、これは風のエレメントなんです。その次にある立方体、これが土のエレメントなんです。その次にある正二十面体、これが水のエレメント。その外側にある正十二面体、これが電気のエレメントで直霊《なおい》なんですね。実はこれ魂の構造なんです。

船瀬　宇宙の構造でもあるよね。

秋山　そうなんです。これは実は、空間のいたるところにあって、私たちの内側にもあるわけですよ。だから私も、教わらなくてもこういう形が作れるんです。内観瞑想と同じなんですよね、綿棒と向き合っているというのは。それで、内側から自然と出てくるらしいんですよ。逆に、自己流だから面白くて、どんどん次を作りたくなっちゃう。

船瀬　波動が乱れると結晶が乱れるでしょ。だから相当、意識が統一されている。

秋山　今、ワークショップを始めているんですけれど、初回でも大体２つできるんですよ。その１つを、平面で見たのが六芒星です。

船瀬　六芒星か。伊勢神宮にもある。

秋山　正三角形2つで六芒星ですけれど、立体になると、正四面体が重なっている形になるわけです。すると八芒星になる。これがマカバと呼ばれる形。他にも、シードと呼ばれる形。ベクトル平衡体。神聖幾何学だと同じ形になるんです。神聖幾何学では決まり事があって、ある視点から見て同じ平面図形が出てくると、同じ立体とみなすという決まりがあるんですね。ここに、違う視点から見ても、同じ正方形に見える綿棒アートがあります。

綿棒の数も36本と同じなんです。これが、実は周波数が同じという意味なんですね。形は周波数なんです。じゃあ何が違うかというと方向性が違う。吸い込む形と吐き出す形。陰と陽。男女。

船瀬　面白い。幾何学が生命学につながるんだね。

秋山　そうなんです。それを組子《くみこ》で作ってみました。金色で作ったものと、マカバが銀色です。

船瀬　合体しているじゃない。

秋山　陰陽です。

船瀬　陰陽だね。これは面白いね。

秋山　これけっこう会心のできで。私の健康相談のクライアントさんが、金に塗った綿棒36本と銀に塗った綿棒36本を送ってきて、それで作ってくださいと言われたんです。それぞれ作ってほしいという課題だったんですが、その頃には私は、この組んだ形を何も考えなくても作れるようになっていたので、もう届いた瞬間、作り始めました。

船瀬　スゴイ！「無知の知」、完全なる直観力ですね。

秋山　２０１８年８月３日に健康相談で来た40代前半の女性がいたんですけれど、悪性リンパ腫で、肺には胸水が溜まりお腹には腹水が溜まっていました。息はぜーぜー、呼吸が苦しいって。

船瀬　それは重症だ。完全な末期だね。

秋山　全身が腫れあがっていて。

船瀬　ウーン……相当危ない。

秋山　その方に、この形に組んだアートをあげたんですよ。その方は布団の中から毎日見ていた。そうしたら９月10日、１カ月と１週間経ったときにまた来たら元気になっていたんです。胸水も腹水も取れて、腫瘍マーカーの数字はぐっと下がって。

船瀬　「神聖幾何学」の図形波動で、その方の生命波動にスイッチが入ったんだな。
秋山　はい。

「形霊《かただま》」が空間にエネルギーを生み出す

秋山　ベクトル平衡体（シードオブライフ、生命の種）は、生命波動の形で、微細な生命のソマチットもこのこのエネルギー構造をしているんです。
船瀬　そういうことか。
秋山　私たちは生命の存在だから、これを見ているだけでも、ましてや作ったら、とても響き合うわけです。
船瀬　形態と生命の波動がね。
秋山　はい、生命波動と共振共鳴で響き合う。
　そうすると、嫌でも生命力は増幅するしかないんです。つまり元気になるんですよね。それにピンときた気功道場の先生は、２０１９年のメインのヒーリングステージは、綿棒アートを中心にやりますとおっしゃっています。

船瀬　基本波動、基本構造だね。なるほど。

秋山　それが、宇宙の構造なんですよ。宇宙の真理の構造。それを若いのに降ろしちゃった人が前述のトッチさんです。

船瀬　仏教のマンダラなんかもこの宇宙構造に通じそうですね。

秋山　そうです。仏教のマンダラは平面ですよね。でもこれは立体だから、もっとパワフルになっています。

船瀬　3Dの波動エネルギーだ！　すごいですね。

秋山　トッチさんの綿棒の作品は、すごすぎて頭がおかしい。

船瀬　本当に、見るだけで波動を整えそうだね。

秋山　まさに。だから矢山先生が喜んじゃって。見て触って、「これエネルギー出てますね。ぜひ自分の部屋に飾りたい！」とかおっしゃって。

船瀬　彼は興奮してました。そうしたら元気になっちゃって。

秋山　そう。

船瀬　ぐんぐん元気になっていった。最初に会ったときには元気無さげだったけど。面白いもんだね。気が整ってきたんだね、彼は気功師だから、感じるのも早い！

秋山　すぐピンときましたよ。綿棒660本のけっこう大きいサイズのものを作って、セミナー会場で回転台で回してずっと展示していたんですが、それを矢山先生にプレゼントしたんです。

船瀬　場にエネルギーを与えるっていうのは面白いね。

秋山　はい。「ありがとう、愛してる」って言いながら作るとね。

船瀬　構造が1つの空間にエネルギーを与えて。すごいですよね。

秋山　それが「形霊《かただま》」っていうんですよ。

船瀬　「形霊」か。やっぱりね。見ているだけで気持ち整うもんね。

秋山　そうです。特に病気の方は敏感です。病気だと体が冷えている方が多いじゃないですか。これを持っていると温かくなってきます。

船瀬　乱れた波動が整いそうだね。体が温まるのも、当然だな。

秋山　そうなんです。特に大きいのはパワフルです。

　実は、ここにあるだけで、例えば楽器を演奏するじゃないですか。もう音の響きが変わるんです。

船瀬　空間自体の波動も整っているんだろうね。だから、音響も整って伝わる。形霊か。

よくピラミッドパワーとかいうでしょ。あれも同じなんですよね。1つの形が1つの場のエネルギーを生み出していく。

秋山　そうなんです。マカバをつくるときには、まず、大きい正四面体をつくるんです。

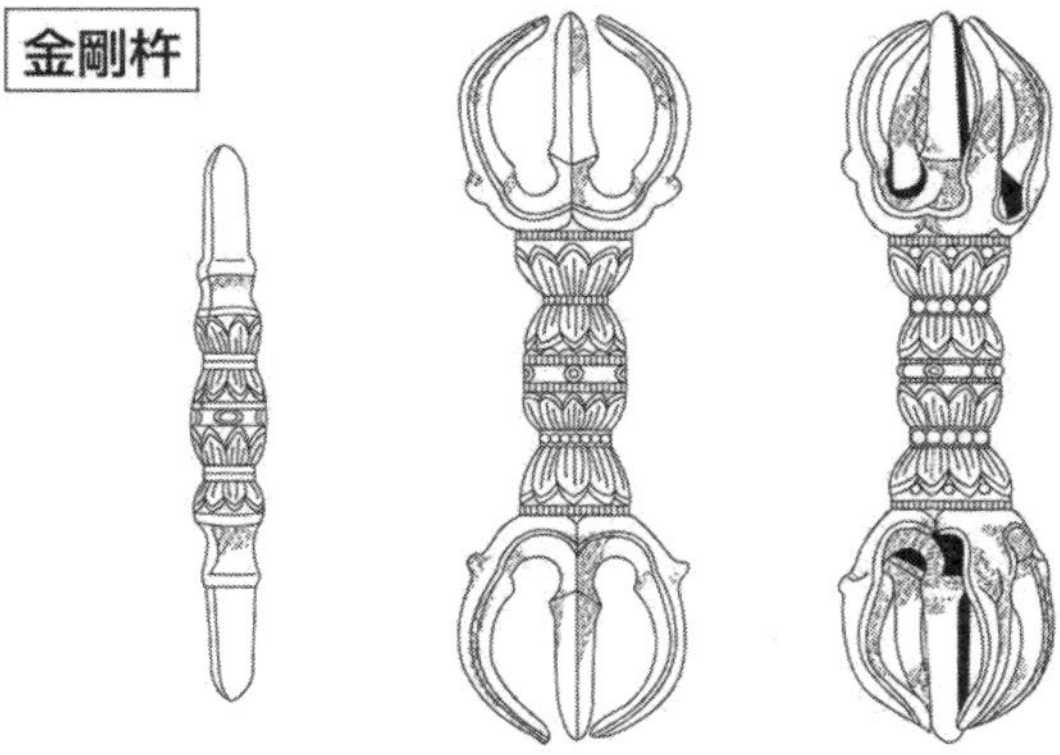

金剛杵図：コトバンクより引用

これも、実は正八面体が入っているわけですよ。この正八面体の上の部分がピラミッドです。

船瀬　よく陰を結ぶとか、真言密教なんかでもあるじゃないですか。あれは、宇宙からエネルギーをとる形があるんだろうね。それに、密教の法具で「金剛杵《こんごうしょ》」というのがある。「独鈷《どっこ》」「三鈷《さんこ》」「五鈷《ごこ》」……とある。空海上人の有名な画像でも、しっかり右手に握っておられる。これらは、見るからに宇宙のエネルギーが集中しそうな神秘的な形をしている。

秋山　そうです。宇宙のエネルギーと響き合う。共振共鳴のアンテナになる。

船瀬　アンテナなんだろうね。形が宇宙の記憶をコンセントレーションするというのは面白いですね。

秋山　はい。

船瀬　いま私ね、波動医学の続編を書いているんです。先生のこれは、もうぜひ取り上げます（『世界に広まる「波動医学」』共栄書房）。

秋山　ありがとうございます。

船瀬　矢山さんは武道もやっているでしょ。彼は、刀鍛冶に刀を打たしたわけですよ。普通の模造刀じゃ駄目なんだって。刀は何回も折りたたんで鍛造するでしょ。

　要するにこのアートは、鍛造にあたりますね。

刀では、気のエネルギーが、刃の切先から増幅されて相手にどーんといくわけですよ。すると、気迫が向こうにずーんとくるから。

秋山　もう「勝負あった！」ってね。

船瀬　参りましたとなるわけ。実際に、「先輩、これ気を入れるき、ちょっと見ちょって」って言って、刀を持って、フンってやったら、刀の先から、ブーンって気が出た。陽炎《かげろう》みたいに見えましたよ。

秋山　すごいですね。

船瀬　気って集中すると見えるんだなって思いました。

秋山　矢山先生も、パワーありますよね。

船瀬　パワーある。彼は体力と、それから気力と愛があるでしょ。あと気功のトレーニングやっているから、やっぱりすごいですよ。

秋山　船瀬先生がまた、ちゃんと整っているからちゃんと見えるんです。やっぱり意識が、それこそぐちゃぐちゃしていたら、映るものも映らない。

多次元宇宙を超えてゆく

船瀬　森美智代さんも秋山先生もそうだけれど、不食の人は、なんかもうオーラがあるんですよ。

私が小林健先生と森美智代さんと会ったとき、森さんが「じゃあお先に失礼します」って、横断歩道渡って人混みの中に入っていくわけですよ。すると健先生が、「船瀬さん、ほら森さん見てごらん、あそこだけ光っているよ」って言うわけよ。

見ると、本当に人混みの中で森さんの周りだけワッと光っているんだよね。

秋山　オーラが。

船瀬　そうそう。ええ？　って感じ。秋山先生もそうだけれど、次元の違うパワーが身の周りに漂っているわけですよ。オーラって誰にもあるらしいけれど、違うんですよ。人混みの中でぱっと何か光っているように見えるわけです。厳密には光るという表現じゃないけれど、ワッと存在感が。気ですよね、あれは……。

秋山　そうですね。

船瀬　気の時代がきたんですよ。本当にスピリチュアルな時代に入りましたね。秋山先生の存在もそうですよ。だからもう、物から気のエネルギー、ソウルを感じる。そういう時代が来ている気がする。

秋山　まさに、先生の波動医学ですね。医学だけではなく、全てに波動がありますよね。

船瀬　全てですよ。宗教でも。だから、先日のセミナーでも秋山先生がしゃべっているのを僕は控室で聞いていたんですけれど、あぁ、もう秋山さんは宗教家と哲学者の世界にいったねって、みんな感心していましたよ。もう完全な哲学と宗教の世界、さらに存在論の世界にいっているねって、みんな感服していました。

それはミッションなんですよね、先生の。

秋山 ミッションですね。このミッションに、葦原瑞穂先生や稲葉耶季《やすえ》先生、亡くなった方々もみんな協力してくださっているのがすごくわかるんです。

船瀬 だから、次元を超えていくね。

今、パラレルワールドというのは本気でディスカッションされていますよね。多次元ということ。あと、死後の霊の世界。あと、引き寄せとか。

今や「ブロック宇宙論」といって、空間と時間と、それはもう1つの重なりみたいなもの。だから、過去と未来と現在は一緒だって、もう普通の人が聞いたら目が回るような話になっています。物理学者がそれを研究しているんです。

秋山 そうですね。物理学はけっこう進んでいますね。

船瀬 心とか意識を最も研究しているのは、実は量子力学の学者さんなんです。

秋山 そうそう。

船瀬 大脳生理学なんか、とっても遅いんですよ。

だから量子。クォークとかタキオンとかあるじゃないですか。ああいうものが1つの意識の実態じゃないかと。すごいですよね。

秋山　私が対談本も出版した、ChieArtの画家のChieさんという方がいらっしゃいます。この方が実は極光出身で、光の世界しかほとんどいたことがない人。今生でも、愛と感謝から離れたことがない人なんですよ。

船瀬　そういう人がどんどん出てくるな。

秋山　画家1本でやっているんですけれど、あるとき、マネージャーとして手伝いますなんて入ってきた人がいました。目の前にChieさんの通帳とか無造作に置かれていたもので、ちょっと魔が差したんでしょうね、持ち逃げされてすっからかんになっちゃったわけですよ。

船瀬　あらま。それだけこの方は無心だったわけだ。

秋山　そう。でも、それが、Chieさんいわくですよ。「数十万円とか数百万円だったら自分もぼーっとしているから気づかなかったかもしれないけれど、1千万以上……」

船瀬　えっ！　それは大金ですよ……。

秋山　「もう本当にすっからかんになったので、さすがの天然ボケの私も気づきました。そのように気づかせてくださって感謝しています」と。

「個展前で、絵のタイトルを入れるプレートを発注するお金もなくなった、そこで自分で手作りしてみました。そしたら、そちらのほうがいいできでした。それもわかって良かった」なんて言ってね。

船瀬　それはもう悟っていらっしゃる。

秋山　被害届も出さずにね。考えられます？

船瀬　考えられない。俺だったら草の根分けて、あの野郎！ってなっちゃう（苦笑）。

秋山　落とし前つけたろか、みたいな（笑）。でも、それは闇の流れなわけですよ。

　彼女が光担当、私が闇担当。こっちは闇の記憶を取り戻したので、正反対の世界なんですよ。そういう意味では、自分も、それこそ全ての悪事を見てきた。全ての悪事を命じてきた。全ての悪事をやってきたみたいな記憶を取り戻しちゃったから。

闇には、もっと深い闇を

秋山　ここ（ロータス法律特許事務所）に健康相談で来る方が次に悩むのは、罪悪感。罪悪感で、例えば「私は人としてやってはいけないことをやってしまいました」とか言うわけですよ。「これは誰にも話したことがありません。でもここで話すことにしました」とか言われちゃう。初対面ですよ。いやいや、初対面だしそんな話さなくてもいいけれどって思うんですけど、半年とか8カ月とか待たせている手前、無下に断りにくいというか。

船瀬　そんなに待ち時間あるんですか？

秋山　そうなんですよ。健康相談はもうやめることにしましたが、2019年8月まで予約が入っているんです。で、待たせている関係があって、帰ってくださいって言いにくいわけです。向こうが覚悟を決めたんだったら、こっちも覚悟を決めなきゃって思ってね。

船瀬　病気の原因っていうのは、やっぱりそういうものなんだね。

秋山　そういうもんです。やっぱり意識からです。全て。

船瀬　意識が。悪い意識が、悪い体の……。

秋山　上流ですから。エネルギーが上流なんです。

船瀬　物質化するんだろうね、ガンとか腫瘍とか。悪い波動エネルギーが、物質化して〝塊〟になったんだね。

秋山　はい。もう秘密を持っていると病気になります。罪悪感を持っているとかね。罪悪感って自分を責めているわけでしょ。自己破壊のエネルギーだから。

船瀬　そうそう。だから病気の原因をたどると、みんなやっぱり心に闇を持っているんですよ。

秋山　そうです。特に自己否定。

船瀬　自己否定なんだよね。それは一番〝悪い波動〟なんだよ。つらいね。

秋山　自分を完全に認めている人は病気になりようがない。

船瀬　だから俺、元気なんだ（笑）。

秋山　もうこっちも覚悟して、それは最低、人を殺めちゃったんだろうなって思うんです。

普通の殺め方だったらありふれているから、こんな大それた言い方するなら、相当やばいやり方だったのかなとか、こっちも一応覚悟はするわけです。

それで、いざ告白が始まると、はぁ？　みたいな。それのどこが闇なの？　ていう。

船瀬　あんまりたいしたことない。

秋山　そう。全然。

船瀬　小学校2年のときに給食費をパクって、ゴメンナサイ……とか？

秋山　そうそう。そういう感じ。

船瀬　それでグリコのキャラメル買いました、とかさ（笑）。

秋山　さすが。もう天才。まさにそんな感じです。
船瀬　はぁ？　って世界だね。
秋山　そういう世界だと、言葉で言わなくても、こっちの意識ってすぐ伝わるのね。
例えば眉をひそめたら瞬間で伝わる。
船瀬　眉毛が1本動いただけでも。
秋山　そうそう。
船瀬　波動が伝わっちゃうんだね。よく気配っていいますよね。まさに、アレだね。侍でいえば〝殺気〟だ……。
秋山　それのどこが？　っていうのが伝わるんです。すると向こうも拍子抜け。あれ？予想していた反応と違う、って。こっちも、え？　それ？　それ前座？　本番はこれからですよね？　みたいな。向こうもこっちも、はぁ？　って（笑）。
こっちはそこで止めないで、ちょっと質が似ていて、もっとひどい例を話してあげるんです。思い出せばいくらでも出てくるし、実際やっていたとか、見たとか。
すると、だんだんとお顔が、そんなこともあるのか、みたいになってくるわけです。
さらにもう1つひどい例。そんなのまだかわいい世界で、本当に相手に痛みを与えるっていうのはこういうことですよ、みたいな。いったん上げといてから、手のひら返しのように落としてやるんですよ、とか。

もっと欲しいですか？　って雰囲気を出すと、相手もだんだん震えあがってきて、もういいです、私がやったのは子供のいたずらでした、っておとなしくなる。

そして、下には下があるんだと、元気になって帰っていくんです。

船瀬　いわゆる強迫観念なんですよね、心理学的に言うとね。

要するに心理学の課題だけれど、あることを考えまいとすると考えちゃうんです。

ヒポコンデリー症候群といって、強迫神経症っていうのはそこから発生するんですが、笑い話みたいなことがあるんですよ。

例えば、家に出るときに右足から出すと決めていたら、左から出すとなんか気持ち悪い。朝、駅まで行って、しまった、今日左足から出したってハッとして、また家に戻って右足から出すとか。ある人は、視界にちょっとだけ入る鼻が気になってしょうがない。

ある人は、寝る前に四つん這いで布団の周りを2回まわらないと寝付けないとかね。

それは、いわゆるアディクション（依存）につながるわけですよ。周りからは、あんた、アホちゃうかって笑われちゃう。でも本人は泣きながら「俺もこれ止めたいんだよ」って言いながら、無限ループのように。これがヒポコンデリー。

秋山　儀式・習慣。潜在意識に刻まれてて。

船瀬　強迫観念。アディクション。それが依存症なんです。

競馬、競輪、パチンコ。まさに強迫観念ですね。私も昔パチンコにハマっていたことがあるけれど、依存症ってのは、もうやめようと思いつつも、落ちていくのが快感なんですよ。

秋山　なるほどね。わかります。

船瀬　面白いね。一種の脳の病気だけれど。

だからそれが、苦悩の正体だったりします。

恋の病もそうですよ。

お医者さまでも草津の湯でも恋の病は治りゃせぬって言うでしょ。強迫神経症なんです。

秋山　一種のホメオパシーなんですよ。

船瀬　ホメオパシーだね。そして、ちょっとしたことでウソのようにすーっと治る。

秋山　闇には、もっと深い闇を。

船瀬　なるほどね。熱が出た人に、もっと熱を出させて治癒するようなもの。

秋山　そうそう。

「真人《しんじん》は光によって生きる」

船瀬　しかし実際、スピリチュアル的な本当の時代に入ってきましたね。精神的なものが物質化、現象化して目の前にあるっていうのが、本当に僕にはある意味感動だね。

秋山　船瀬先生の本質をすぐに見抜いてしまう眼力と、適切な表現。舌を巻きますよ。天才ですよ。

船瀬　ここの綿棒アートは、病室に置いておくだけで病気が治ります。僕にははっきりわかる。

秋山　でしょ？

船瀬　わかります。見るだけで気が統一されていくから。乱れていた気が統一されていきますよ。

秋山　そういうところなんですよ。だから、これこそ学校教育に取り入れたらいいし、老人ホームで取り組んだらいいし。

船瀬　本当。見ているだけで整うっていうのも、面白いですね。

秋山　見なくても整うんです。

船瀬　感じるだけで。

秋山　波動だから。Chieさんの絵もそう。盲目の人がChieさんの絵の前に立って、涙流すんですから。

音も光も実はバイブレーションです。別に光は目で見ているだけじゃないんですよ。音も耳で聞こえているだけじゃない。

船瀬　あとは、具体的に聞くのが松果体ね。ヨガでは松果体は、「生命の座」と呼ばれているんですね。生命の中心という意味です。

宇宙の波動（プラナ）を受け取るアンテナでもある。

秋山　ドルフィン先生はそこに注目して、『松果体革命』を書かれた。

船瀬　そうそう。だから波動は、目を閉じていても、眠っていても響く。

松果体は、アンテナなんだね。

秋山　はい。ドルフィン先生が、対談のときに、私の松果体を見てくれました。

船瀬　アンテナ具合を見るわけだ。

秋山　私のことはアッキー先生と呼ばれるんですが、「アッキー先生の松果体は大きいですね、しかも呼吸によって縮みませんね」とか言われて。呼吸のときに、すーっと縮まって、吐くと広がるみたいのがあるらしいんですけれど、それがほとんど変わりませんねって。

船瀬　じゃあ、相当高性能なアンテナが完成しているわけですよ。

秋山　もともとドルフィン先生はケイ素、シリカなどを大事にとりなさいとか言われているけれど、私の根本体質は確かシリカだったんです。だから虚弱体質でもあったんですけれど、炭素ベースからケイ素、クリスタルベースになってくると、要は半導体だから、光を受け取りやすいんですよ。クリスタルっていうのは。

船瀬　クリスタル（水晶）は……ね。

秋山　そういうことなのかなという気がしています。私たちの体の方向性がだんだんクリスタル化、水晶化してきているんですよ。

別に私が特別なのではなく、地球の方向性なんですね。ジャスムヒーンさんも、みんなもそのうちに光で生きていけるようになるから、逆に今のうちに食べ物を楽しんでおくほうがいいよって。

船瀬　私も沖ヨガの沖正弘先生から指導受けて、先生の本を20冊くらい読んだんだけれど、「真人は光によって生きる」ってあったんですよ。

真の人間は、最後は光によって生きるようになるって書いてあって、俺、それを読んだときに、これは一種の例えだろうなと思っていたら現実だったね。驚きましたよ。

プラーナの話では。そういうことなんだと。

もう食べ物のエネルギーじゃなくて、まさに宇宙の波動のエネルギーで生きる。

だから、沖先生はヨガの究極の真人なんです。

秋山　そうですね。ヨガでプラーナという言葉。

船瀬　うん。完全にプラーナ……宇宙エネルギーです。

秋山　また、船瀬先生が昨日言われていた栄養学の功罪というかね。

船瀬　うん。

秋山　実は、食べ物は器で、食べ物という器にのっている生命エネルギー、生命波動をいただいているわけですよ。日本人はそれをわかった上で、いただきますと言うわけです。あなたの命をいただきます、私の命とともに生きてくださいという言霊なわけですね。親からも厳しく、米1つ1つには命が宿っているからと言われる。
船瀬　ばあちゃんが言いよったな。
秋山　残さず食べなさいって言われても、器まで食べちゃう人はいないでしょ。でも、ちょっと視点を変えて食べ物を見ると、食べ物という器に命の光、命のエネルギーがのっているわけですよ。
船瀬　それで、お母さんの手料理にはエネルギーが乗ってて美味しいんですね。
プロの調理人でも、僕はある大阪のお店でおむすびを食べましたけれど、それが、香りがエエッ？　って驚くような感じなんですよ。
ウソ！　ご飯って、こんな香りがするの？　ってクラクラするくらいショックでしたね。
その調理法は、彼が言ってたね……、一粒一粒……。
秋山　大事にして。
船瀬　そう、まず一粒一粒ピッキングして、すすぐときも愛を込めてすすいで。
秋山　傷つかないようにね。
船瀬　そう。炊くときも、お茶碗に盛るときも。やっぱり気がこもっているんでしょ。

秋山　そう。

船瀬　こんなうまいおにぎり初めて食べたってくらい。

秋山　佐藤初女さんがそういうふうにされてたみたいですね。佐藤初女さんから習った方のワークショップで、おむすびをつくるというのがあるんですよ。

船瀬　気がこもるんだよね。

秋山　そう。ていねいに、ていねいに。気がこもるんです。

船瀬　味が全然違う。ものすごい美味しかったです。

悪の体験から学ぶ——戦争と医療の「地獄」の終焉

秋山　誰でも気なんか出るんです。特に上江洲先生は、「アジナチャクラ（眉間の奥）とハートチャクラさえヒーリングすればいい」っておっしゃられたので。けっこう現代人は、頭の張りが強いんですよ。頭で考えてしまうから。

船瀬　上気するってよく言うじゃないですか。あれ、本当に上がるんですよ。気が上に上がる。舞台でも。気が落ちてればいいんだけれど。「アガル」とはよく言ったもんだ。

秋山　それと、いいのが、足の指で地面をつかむ。
船瀬　それは大事なことですよ。
秋山　これ、空手の三瓶啓二先生から教わりました。
船瀬　わかります。武道の原点、極意ですよ。
秋山　それを、健康相談のクライアントさんに教えてあげたらすぐに、包丁を使うコンテストで1位になりました。
船瀬　肚《はら》で使いなさいってことね、全てを。原稿を書くときにも肚で書きなさいと。包丁使うときも肚で。
　名人、達人っていうのは、全てを肚でやるんですよ。
秋山　日本語は腹を大事にした言葉。「腹が座る」とか、「腹が立つ」とか、「腹を割る」とか、腹を決めるとか。西洋人は頭なんです。
船瀬　そう、だから西洋の文明っていうのは、やっぱり知識に偏りすぎている。東洋は直感でしょ。
秋山　ガットフィーリングっていうんです。
船瀬　そう。セカンドブレイン。

「腸は〝第二の脳〟である」は、もはや医学の常識ですよ。日本人は、昔から気づいていた。「腹で考える」「腹を割って話す」「腹黒い」……などなど。私はもう1回、近代の人間を問い直すべきだと思っているんですよ。

モダニズムっていうでしょ。19世紀、20世紀と、200年ぐらい、産業業革命以降から近代って大まかに言われているけれど、近代主義（モダニズム）の正体は帝国主義（インペリアリズム）ですからね。

モダニズムの正体はインペリアリズムなんですよ。

帝国主義っていうのは、強い国家が弱い国家を侵略し、騙し、奪い、殺戮し、奪いつくす。大きな強い民族が弱い民族を侵略する。はっきり言って、民族とか国家による強盗殺人なんですよ。でもそれじゃあ格好悪いから、ごまかすために、自由、平等、博愛でモダニズムだよっていう言い方に変えたんです。

「自由」と「平等」と「博愛」っていうのはフリーメイソンの3つの合言葉だ。けれど、僕はそれは3つの羊の面だって言ってるんですよ。「自由」と「平等」と「博愛」をはいだら、下に狼の顔があるってね。

秋山　それこそ正義っていう名のもとに、どれだけむごいことがなされたか。

船瀬　フリーメイソンとか秘密結社とかを陰謀論、都市伝説っていう人もいる。けれど、現に存在していた〝闇の力〟が、急激にフェードアウトしていくような気がしてるんですよ。

秋山　そうですね。はい。

船瀬　無力化していく感じあります。だから、いい時代がくるんじゃないかって。

秋山　体験から学ぶっていうことだと思います。悪の体験から学ぶっていう、やっぱり避けて通れない進化の道だったんですよ。でも、もう十分学んだでしょ。

船瀬　学んだね。戦争と医療が典型ですよ。

「地獄」を現実につくっちゃったわけだから。

人口削減と金儲けが目的だったけれども、もうそれは終わったんじゃないかって僕は思う。希望的観測でも思う。

朝鮮の融和もそうだし、さっきのパレスチナとイスラエルの和解もそうだし、急激にそれが進み始めている感じがする。

秋山　そっちに進み始めるためには、一度、極に触れる必要があるんですよ。中途半端だと戻りがちょっとになっちゃう。もう、本当に極まったってことですね。

船瀬　だから、そこまで残虐な行為をやりつくしたら、もういいんじゃないか。もう十分に学習したでしょってこと。医療も戦争もね。

秋山　崩壊って内部からするんですよ。だから金融も、外から潰そうと思っても固まるだけなんですね。

船瀬　凝縮するんだよね。

秋山　そう。凝縮する。けっこう結束強くするけれど、内側から嫌気がさしてきて自己崩壊するんです。

「抗ガン剤では治らない」は世界の常識

船瀬　僕は、本当にいい時代が始まったような気がします。直感的に、感覚的にという感じですが。

秋山　船瀬先生も、これまで長かったですよね。

船瀬　長かったね。講演会でも、登壇するときにね、「じゃあ船瀬俊介さんを紹介します。今まで生きてきたのが不思議な方です」と言われる。

秋山　本当ですよ。
船瀬「怖いこと言わんといて」って感じ（笑）。
秋山　でも、年々お元気になっている気がします。
船瀬　そうですね。最近もちょっと元気になってきたね。
秋山　はい。なんか若返られているし、エネルギーが増している。それこそ、森美智代さんとはせくらさんのイベントで会ったときよりも。
船瀬　うん、元気になってるんだよね。
秋山　はるかに若返って元気になっている。少食とかもされていますもんね。
船瀬　1日1食。家にいるときは完璧に1日1食ですし、手作りの料理をいただきます。
秋山　また、心の持ち方が健全だから。
船瀬　病気とかも最近しないね。しこたま飲んでも翌日すぐ元気になるね。
秋山　すごいですよね。私はいつでも病気のようなもんですけれど（笑）。
船瀬　私が言うとまた落語になっちゃうんだけれど、西洋医学は病名が4万以上あるんだと。こんな小さい体に4万だよ。だから重なっているのがけっこうあるんだよね。
秋山　ちょっとだけ違うような症状に、どんどん病名をつけています、みたいな。でも意味ない、全然。発見した人の名前とか。

船瀬　病名をつけると、それに対応する薬を売ることができるんです。薬の種類も4万ぐらいあって。この馬鹿なことの自己増殖やってきたのがロックフェラーの医療利権だけれど、そのばかばかしさに本家、本元が気づいちゃっているわけです。

だからもう、壮大なるコメディなんですよ。

秋山　そうなんですよ。コメディなんですよね。

船瀬　それでもう、やめようっていう動きが内部から起こっている。

2018年にWHOが非常に奇妙な公表をしたんですよ。「これからWHO、すなわち国連は、漢方東洋医学を正式な医学として認定する」と。今頃かーいってずっこけました。

認定していなかったのにもびっくりしたけれど、なぜあえてそういう発表をしたか。すなわち彼らは、薬物療法、つまり西洋医学に失望し、絶望したんです。

国連をつくったのがロックフェラーですからね。

外交問題評議会（CFR）も母体になってて。それで、西洋医学から東洋医学にシフトしますという暗黙の了解からの宣言なんですよ。
それで謎が解けた。彼ら、認知症医薬の開発を断念するとわざわざ記者発表した。
あと、典型的な話として、「抗ガン剤ではもう治らない」というのは世界の常識。
日本人だけはまだ信じている。

秋山　日本人だけが知らない。

船瀬　超猛毒の抗ガン剤を打てば死なない方がおかしい。子供でもわかるよ。大人はそれがわからない。日本人だけが、ガンがものすごい多いってのはね、抗ガン剤で死んでいるんだ。セミナーでも、もう、正体全部言ったから、みんな大笑い……。

秋山　そう。大笑いしないながらなんだけれど、笑えない状況ですよ。

船瀬　壮大なブラックコメディなの。

秋山　本当にブラックコメディ。

船瀬　近年では、ガン治療で毎年日本で30万人殺されている。抗ガン剤とか放射線とかで。戦後70年、少なく見積もっても1500万ぐらいの人がガン治療で殺されているんですよ。
太平洋戦争の5、6倍の人がガン戦争で死んでいるわけ。

秋山　１人の患者さんをガンと診断すると、売上高２千万円って。

船瀬　軽くそれくらいですね。さらにがんがんやると３千万ぐらい稼げるという。国家から高額医療費負担ってポンポンやってるから、それで日本に海外から抗ガン剤が流れ込んでいる。

秋山　保険なんかも、要は前払いさせられているだけ。前払いすると使いたくなるのが人情。

船瀬　だから西原克成先生なんかは、先生、国民健康保険制度どう思いますか？　って聞いたら、「亡国の制度ですね」って言ったね。悲しそうな顔で……。治るんならいいんだけれどね。ロバート・メンデルソン博士が言ったように、現代医学の９割が地球上から消えれば、人類は間違いなく健康になるんです。

９割の医療が有害無益の殺人医療なんです。

秋山　本当に。救急医療とか緊急医療、これは確かに命を助けるんですよ。

船瀬　そう。足が取れたとかね。そのときは、麻酔だ、手術だって、救命できるわけ。

秋山　あとはステロイドも必要なんですよ。緊急で、アレルギーショックで呼吸止まりそうなときはステロイドです。

船瀬　その危機的状況なら、一発で命が救える。
秋山　けれど、それで慢性病が治るかって話。慢性病に対しては無力なんですよ。
船瀬　とんでもない地獄の副作用が待っている。

断食療法を教えない近代医学は、まさに壮大なるコメディ

船瀬　東洋医学やヨガの教えは実にシンプルだ。

「病気の原因は何ですか?」っていうと、「体毒です」と答えがくる。体に毒が溜まるから病気になる。じゃあ「なぜ毒が溜まるんですか?」っていったら、「口からの毒と心の毒がありますよ」

口からの毒はほとんど偏食、過食、食いすぎでしょ。

新陳代謝で排泄する以上のものを食べるから外に出しきれなくなって、やむを得ず老廃物として脂肪に蓄えたり、肝臓に蓄えたり、血管に蓄えたりしているわけですよ。

インプットをストップすれば、あとはアウトプットだけ。

排毒が済めばクリーンになる。

だから断食で病気が治るのは3ステップです。まずは要するに「自己浄化」、セルフクリーニングですね。2番目は、「病巣融解」。病巣が最初に溶けて消えていく。3番目が「組織新生」、新しい組織が生まれてくる。ワン・ツー・スリー。ものすごいシンプル。ところが、これを医学部でまったく教えてないんですよ。断食、ファスティングを……。

秋山 治っちゃ困るからですよ。

船瀬 「断食なんてしたら、餓死します」って言うんです。

秋山 生き物は、飢餓には強くできているんですね。動物の世界では飢餓はありふれていても、飽食っていうのはないから。

船瀬 ないですよね。人類だけです。

秋山 それは、感情を持っているからです。必要以上に食べているのは明らかなわけですよね。でも、感情の不足があって、それを食べ物で補っているから。

船瀬 一種の強迫観念です、やっぱり。

秋山 洗脳がいっぱいありますからね。栄養学もしかり。

船瀬 そういうのは、僕は、「この野郎!」って言っている。医学の父(ルドルフ・ウィルヒョウ）と栄養学の父（カール・フォン・フォイト）がダブルでペテン師だったわけです。滑稽ですよ。近代、約２００年の間はね、まさに壮大なるコメディですよ。壮大なるコメディであり、壮大なる悲劇です。

秋山　栄養学というのはすでに大系化されていますけれど、物質的な視点を重要視して分析するとどうなるかっていう、１つの試みなんですね。

船瀬　カロリー理論だって、食ったもの燃やして、酸化する発熱エネルギーがあり、それがエネルギーになることは間違いないけれどね。人間の生命エネルギーは食ったものの酸化エネルギー、「それだけだ」って言うからおかしくなっちゃう。

秋山　そうそう。視点が間違っているわけではないけれど。

船瀬　一部しか言っていない。本当は他にも、解糖系エネルギーとか、生体内元素転換による核エネルギー系とか、プラーナ・エネルギー系とか、さらに未知のエネルギーが相当あるはずなんですよ。それを無視しちゃってる。

だから今のお医者さんたちは、本当に気の毒ですね。

秋山　本当ですよ。真面目なお医者さんほど、うつになっちゃう。治そうと思ってやっているのに、逆に患者がどんどん弱っていくから。お金持ちになる手段だって割り切れる人は、まだ精神衛生上いいんだけれど。

船瀬　本気で治そうとしている人は、うつにもなりますよね。だから医者の自殺って多いんですよ。あと、医者の精神病がものすごい。

秋山　そうそう。私のところに健康相談で来る方、なぜかお医者さんとかヒーラーさんとかセラピストが多いんですよ。

この10年健康相談やってきて、私は一度も自分の体調不良で穴を開けたことがありません。でも逆に、セラピストとかヒーラーとかが具合が悪くて。

船瀬　あと鍼灸師とかね。あれ、陰の気を全部受けちゃうんです。

邪気が入ってくるんです。僕の後輩で鍼灸の資格持っている奴がいるんです。僕がへべれけで二日酔いで会ったとき、「船瀬さん、体調どう?」って聞いてくるのでね、「いやぁ、気持ち悪いよ、本当」ってどよーんとしてたら、「ちょっと二日酔いにきくツボがあるから」って、背中のツボをしゅっと押してくれた。

すると目の前がシャッって音がするくらい、カーテンがパッて開いた。「おーっ」て感じ。で、すーっと辛さがなくなった。本当、シャッターが一気に開いた感じ。一瞬で。

びっくりしてたら、「いや、鍼灸には即効性があるんだよ」って言うわけ。でも、そいつが急にすーっと青ざめていって、「ごめん、船瀬さんの邪気もらっちゃった、ちょっと気持ち悪い、横になる」って。

矢山さんに言ったら、

「あぁ、船瀬さん、そげんなことはようあるばい」って言うわけ。

「そげんなこと電気で考えたらわかるばい、つまり、電圧の高い悪い気が、その人のところにばーって移ったんたい」って。

秋山　それじゃあ、お気の毒ですよね。

船瀬　だからこれを切る。

邪気を遮断するバリアをつくってからやらないと、ガーンッて悪い気が入ってくる。もともとヒーラーさんとかは「気」が強いからヒーラーをやっているんだけれど、何人もヒーリングしていると。悪い静電気みたいな「邪気」が溜まっていく。その後輩はそれを、ジャッキー・チェーンって言っていましたよ（笑）。

秋山　邪気の連鎖（チェーン）ですか、うまいこと言うな。

私のところへもそういう人がよく来るんだけれど、私は一切影響を受けません。

船瀬　それは先生、バリアを持っているんだよ。

秋山　バリアじゃないんです。
船瀬　何だろうね。
秋山　それはこっちの闇のエネルギーが、もともといたところが違うわけです。
船瀬　それは参りました。面白いね。

同種療法で闇を光に変換する

秋山　けっこう不思議なことがあったのが、腑に落ちたんです。最近。よく人助けとかしていたライトワーカーと呼ばれている、あるいは自称している人たちが、急にお金の取り方がえげつなくなったとか。「ちょっとあの人、闇に触れたんじゃない?」とか、「ダークサイドのほうに堕ちたんじゃない?」っていう話あるじゃないですか。
船瀬　あるある。人が変わったみたいってのある。
秋山　「取り憑かれたんじゃない?」みたいな相談されることがよくあります。「秋山さん、あの人大丈夫?」とか言って。こっちは興味ないのに、なぜか私に聞いてくるわけです。

いろんなところで詐欺的なことをやっている人の話を教えてくれることもあります。その親切な人は私に、「先生のところへ行くそうですけれど、気をつけてくださいね。こんな出来事があったので、くれぐれも騙されないでくださいね」とか言うわけですよ。そしていよいよ、私のところにその詐欺師が来る。

船瀬　ジャッキー・チェーンが来る（笑）。

秋山　私は、そういうのは多少は参考するにしても、自分の目で確かめたい、自分の肌で感じたいなと。人を色眼鏡で見たくありませんから、普通に対応するわけですよ。普通に対応して、いつ騙してくれるのかな？　とかちょっぴりワクワクするんですけれど、はじめのあいさつから帰るまで、ひたすら丁寧で誠実なんですよ。

船瀬　要するに、先生の波動が勝ったってことかな。

秋山　勝ったとかはわからないんですけどね。

それで、また親切な人から、「秋山さん大丈夫でしたか？　騙されませんでしたか？」って聞かれて、「いや、私に対しては彼は、始めから終わりまでとても誠実で丁寧でしたけれど」って言ったら、「秋山さんそれ騙されたんですよ」って。結局、騙されたことになっちゃう。

船瀬　なるほどね。

秋山　そういうことがよくあったんですよ。なんでかなと思ったんですけれど、謎が解けちゃってね。こっちの闇が大きくて安定しているから、要は闇に……。

船瀬　闇にも大物・小物があるわけだ。

秋山　私には闇落ちの恐怖がないわけです。すでに落ちている。根を生やして伸びてきているから、大きいし安定しているんですよ。

　向こうは、ライトワーカーがちょっと闇に触れても、大騒ぎ。でも、小さな闇。

船瀬　小物なんだ。

秋山　はい。SとSは反発するでしょ。こっちは安定していて動かないS極。向こうは弱しいS極だから、パンッと光の方に弾かれるわけ。だから、強い闇の私相手には光として振る舞うわけですよ。陰と陽の関係で。言い方を変えれば、ヤクザのチンピラがヤクザの親分には丁寧になる……。

船瀬　へこへこするのと同じだね。

秋山　同じっていうことがわかって。

それが、同種療法なんですよ。ホメオパシーの医療体系を作ったサミュエル・ハーネマンは「医術のオルガノン」というバイブルみたいな本で、面白い例えをしていました。ロウソクの火を見ていたら、残像が残りました、その残像を消すにはどうしたらいいのか。それは、太陽の光を見なさいと。

船瀬　なるほどね。わかりやすい。

秋山　より強い光を見ることで、そのロウソクの光の残像を消すと。残像は、病気なんですよね、それが消えますすと。

光と闇のネガポジ反転させるような。多少闇を持った人が来ても、こっちの闇に触れれば、――こっちの闇で知ったものの見たものを示せば、同種療法になって参りましたってなるっていうことがわかっちゃったんです。

もう過去の歩みを思い出したら、自分が今存在していること自体、奇跡だっていうことになるわけですよ。こんな自分がね。

船瀬　幼年期からの話はすごいもんね。

秋山　そう。存在を許されているということ自体、これは神の赦しだって気づきました。ヤクザの世界とか悪魔の世界って、律儀なんですよ。恩を忘れないところ。

天使なんか気分で動くから約束もしないしね。悪魔との契約っていう言葉はあっても、天使との約束なんて聞いたことないでしょ？

船瀬　ヤクザは義理堅いよね。

秋山　義理堅いでしょ。

船瀬　義理人情だね。あんがい純粋な人たちじゃないかな。

秋山　私はもともとそっちだからさ。地球さんに対しても、さんざんひどいことをしてきたわけですよ。それでもまだ地球にこんなお世話になっているから、ちょっと借りを返させてもらおうと思っているんです。この身を張って、地球にもう全て捧げようかと、今生ではわかっているわけです。

船瀬　なんかかっこいい。高倉健さんみたい。これギャグですよ（笑）。

秋山　でも、闇のエネルギーが戻って来て。

船瀬　義理堅いじゃないですか。

秋山　エネルギーがね、半端なくなっちゃって。

船瀬　面白いね、それ。

秋山　もうね、それこそ極真空手とかバリバリやっていた頃はまだ男っぽかったんですけれど、光の世界とか知るようになって、ちょっと中性的になってきたんですよね。

船瀬　だって、陰を知らないと陽はわかりませんからね。

秋山　それで、この綿棒アートに出会って、井上さんから闇の記憶のパンドラの箱を開け、とか言われてやってみると、闇のエネルギーがどんどん戻って来て。本来のエネルギーなので、強いわけですよ。

船瀬　なるほど。

秋山　そうすると、このあふれてくるエネルギーは、扱い方間違えるとまずいってわかるんです。一瞬で、方向性間違えて地球破壊しちゃう。そのエネルギーをどうしたらいいかって困って、こういう綿棒作品つくってるわけです。

船瀬　すごいですよ。

秋山　だから、一晩で２６００本を折り曲げたの。あえてエネルギーに変換したんです。

船瀬　そのエネルギーをこのアートに転嫁しちゃってますよ。このエネルギーたるや。これ自体がエネルギーを放出している。

先達の英知を引き継ぐ——船井幸雄先生、甲田光雄先生

秋山　高野山の厳しい修行を終えられて尼僧漫画家でやっている悟東あすかさんって人がいるんですけれどね。この方は、会った人の魂の絵を描く。私の絵を描いたら、これですよ。

船瀬　おぉ。かっこいい。

秋山　この目、見てください。

船瀬　いい男だね。

秋山　デビルマンみたいじゃないですか？

船瀬　確かに。なんか目にいい力ありますよ。

秋山　まさに自分のデビル性を思い出して、それで、だんだん力が戻ってきて。声なんか、「あわのうた」歌っても力強くなりましたねって、数カ月前に会った人から言われるんですよ。

船瀬　この人はよく見ているね。善と悪が見事に

混在している。

秋山　そう。こっちも、近寄りすぎるとやけどするぜ、みたいな感じがあって。

この間も、亭田さんという先住民のところを回ってきて映画をつくっている方とコラボしたんですけれど、私がちょっと闇の話をしたら、生き生きしてくるわけですよ。

私の目を見て、確かに闇ですね、行きすぎないでくださいねって。

船瀬　かっこいい。

秋山　でも、その亭田《ていだ》さんと5月に初めてご一緒してハグしたときには、先住民の長老の空気を感じましたとかも言ってくれたんです。

そこから闇が開いちゃったからね。だからやばいんですよ。

船瀬　光も果てしないけれど闇も果てしないからね。だって、両方があっての存在だから。

秋山　はい。このように周りの方々は私に優しいわけです。闇の私を励ましてくれて。

船瀬　だけれど、調和はつくったものに表れてるもん。この綿棒アートに見事な調和性がある。普通、心が乱れてると、こうはつくれない。

秋山　全部、内面が出るんですよ。

船瀬　出るから面白いんですよね。
　見事に調和性が出ているから。これは、病院とか、あと老人ホームあたりに置くと、すごい気のエネルギー出して元気を与えるんじゃないかな。
秋山　本当にそうです。綿棒ワーク、みんなでやっているでしょ。初心者の方も多いんですが、みんな顔つきが変わってくるわけ。全体のエネルギーがすごい上がってきて。
船瀬　エネルギーが調和性をつくるんだね。体の中の乱れたエネルギーが浄化されて調和する。これについて、本とか出ているんですか？
秋山　さっきお話した神聖幾何学の本が出始めてます。この間、私がトッチさんとイソさんを船井幸雄さんが遺された人間クラブにつないで、インタビューが行われました。
　私、船井幸雄先生とは生前お会いできなかったんですけれど亡くなられてから妙に親しくてですね。
船瀬　聞いています？　小林健先生のこと。
秋山　あぁ、聞きました。いろいろと。
船瀬　１９８４年の夏かな、森さんとかとニューヨークに行ったとき、健先生のところへ１週間下宿したんですよ。

僕が泊まったのは地下のとてもしゃれたお部屋だったんだけど、朝4時ぐらいにトイレに起きたら、上で健先生がアハハハって笑って誰かと会話してたんですよ。あぁ、そうですか、なんて言って。夜中の4時過ぎに来客？　って……。

秋山　怪しいね。

船瀬　不思議に思いながらもまた寝たんですよ。そしたら翌朝、「あぁ、船瀬さんおはよう、いやぁ、昨日あんまり寝てないんだよね、僕」って言うわけ。

それで、「明け方にお客さんが来たんですか？」って聞いたら、「あれはね、亡くなった船井先生とずっとしゃべっていたんだよ」って。「時々来るもんだから、話しこんじゃうんだって。甲田先生ともよく話す」とか言っていたな。

秋山　甲田先生の英知を伝える役目も、ある人を介して回ってきてます。すごくつながっているんですよ。

船瀬　「昨日、甲田先生、なんか茶色い上着着ていたな」とか言うんだよ。

秋山　甲田先生も、すごい人ですね。亡くなる直前のDVD見せてもらったんですけれど、すごい迫力。すごい若い。だから全然、病気で死ぬような感じじゃないんです。タイミングはかって、生まれ変わるためにあちらに還った、ということかなと。

船瀬　甲田先生、有名な方ですよね。

秋山　そうです。少食健康で世界的にね。それこそノーベル賞は、本当は甲田先生がもらったらいいんですよ。森さんの永遠の師匠だしね。

船瀬　そうです。森さんのこと、仙人2号って名づけたって言うんだよね。ほとんど食べなくても生きてるからって。

秋山　森さんも青汁飲んでいるけれど、本当は青汁もいらないんですよ。だって、栄養学って、生命を維持するのに最低50カロリーは必要というけれど……。

船瀬　青汁を飲まなくても飲んでも変わらないよね。

秋山　でもそれは、甲田先生が病気を治してくれたということがありますからね。

船瀬　先生の恩があるから続けている。

秋山　甲田先生が「少食が地球を救う」って言っていたから、森さんも言ってるんですよ。

船瀬　まぁね。弟子だからっていう感じでね。

命はイン・アウト　とらわれないという流れ

秋山　不食っていう言葉はたぶん、最初、山田鷹夫さんが言われたんでしょ。私なんか、不食なんて自分で言ったことないんですよ。プラーナ食。波動食とは言いますが。

それか、色食、音食とか、周波数食とか言うのがいいですね。

船瀬　山田鷹夫さんに、船瀬さん、講演来てくれって言われて、２０１８年10月に行きましたけれどね。今、おしっこを飲んで体におしっこを塗る健康法を実践されてるから大変なんですよ。もう楽屋に行ったら、部屋中その臭いで。

秋山　そうなんですか。

船瀬　全員おしっこ飲んで、全員塗りまくっているから。「あぁ、船瀬さん」って、近づいてきたら、もう臭いが体中から（笑）。

秋山　新しい種類の抗生になるかもしれない（笑）。

船瀬　みんな、「えっ？　船瀬さん、まだ尿飲んでないんだ」って、もう奇人扱いなの、俺が（笑）。

秋山　さくらももこさんとか、けっこう実践者はいるんですよ。健康雑誌の『ゆほびか』

の編集者も、この間フェイスブックで告白していたしね。女性の編集者です。
私、まだ山田鷹夫さんとはゆっくり話したことはないんです。「食べない人たち」（マキノ出版）で共著になってますけれども。私もシャイだし、彼もたぶんシャイなところがあって。

船瀬　まぁね。ぶっ飛んでますよ。尿にハマっちゃって。それは、もう。今日は、朝から3リットル飲んだとか。

秋山　そんなに出るの？　美味しいんですかね。

船瀬　いや、俺はいや…（笑）。

秋山　わかる、わかる。

船瀬　そのシンポジウムに行ったのよ。僕はもともと理系だから、きちんとした因果関係、エビデンスがあるのか知りたくて行ったんだけれど、「とにかく飲めばわかる」って、そういう感じなんだよ。

秋山　合理性はあるらしいんですけれどね。

船瀬　あるらしいけれど、飲んでる人も、けっこう脳梗塞とかしちゃってたり。
じゃあ、意味ないじゃんってみんな言うんだけれど、もし飲んでいなかったら、その前に死んでいたかもしれない。

秋山　ていうか、これをやんなきゃ駄目とかって頑固い人は、それで脳梗塞になっちゃいます。マクロビオティックとかさ、食べ物に気をつけすぎる人。

船瀬　そうそう。それは一番ハマる悪いどつぼなんですよ。

秋山　こうじゃなきゃいけないって、制限的な思考が強い人はね……。

船瀬　「ねばならない」が一番やめねばならない（笑）。

秋山　矢山先生も、「免疫は流れである」って言っています。流れなんですよ。心も流れ。だからその1つのことに執着をするとね。

船瀬　そう。ヨガの教えは、「とらわれてはいけない」という。

とにかく、「命はイン・アウト、流れだ」って沖先生もおっしゃっていた。だから、とにかくとらわれないこと。

秋山　だから、命があることにも、とらわれていてもしょうがない。やっぱり、死ぬのは悲劇だと思っている人はまだ多いので。

この間、変態6レンジャーが集まったんですよ。変態ドクターレンジャーを結成していて、私、ドルフィン先生、長堀優先生、池川明先生、巽《たつみ》一郎先生っていうひざの手術の専門家だけれど瞑想が得意な方。あと、歯医者さんで真弓定夫先生と一緒に動いている梅津貴陽《たかはる》先生で、変態6レンジャーとかやっているんです。

船瀬　いいな。遊び心あって。

秋山　まず死生観を変えないとと思ってるんです。死ぬのが悪いっていう前提だと、結局救われないみたいになっちゃうわけですよ。

死ほど素晴らしいことはないと。その素晴らしい死をどのように迎えるのかということで、自分の今の命の大切さを捉えていけば、より前向きになれるという。

船瀬　食べないと死んじゃうっていう恐怖感から、みんないろんなことしちゃうからね。

薬漬けという虐待、恐怖に基づくコントロール

船瀬　僕の大学時代からの親友で、製粉会社の社長なんだけど。彼はもう社長だから接待とかいっぱいするじゃん。「心臓悪いから薬飲んでる」って言うからさ、「お前、心臓病なんか一発で治るよ」って言ったら、「えっ？　どうしたら治るんだい？」って聞いてくるの。

「簡単だよ、断食すりゃいいんだよ」って言ったら、「断食ー⁉」って叫んだ。その驚き方にこっちが驚いちゃった。そしたらそいつ、「お前、クオリティ・オブ・ライフってのがあるだろ」って。3食食べるのが、クオリティ・オブ・ライフだっていう、この思い込み……。それが普通なんだね……。

秋山　実際やってみると、逆なことがわかるんですよね。

船瀬　逆なのにね。彼は、最後、脳梗塞で倒れちゃって。本当に残念で心配です。なんとかリカバリーしてほしい。

秋山　それは、もう心臓病の薬の典型的な副作用。

船瀬　この前、温泉行くからちょっとお前付き合ってくんねぇかなって言われて、行った。彼、半身が不自由になってて車椅子。

僕と仲間みんなで、お風呂のわきまで車椅子を押して行って、全員高齢者、4人がかりだよ。よしよし、右足上げた、そうそう、俺が左足持つから、せーの、よいしょー、はいはい、ゆっくり下ろせ、ゆっくり下ろせ……ってお湯に入れてあげてね。

どうだ？　気持ちいいか？　て聞いたら、あぁ～、いやぁ、倒れて初めて温泉入った、ありがとう、気持ちいいって言っている。

フルチン介護軍団ですよ（苦笑）。

秋山　「薬飲まないと死にますよ」って脅迫されるから。恐怖に基づくコントロールですよね。

船瀬　洗脳だよ……。なんとか、彼には普通に歩けるくらいに回復してほしい。

秋山　船瀬先生が、老人ホームとか介護施設は薬漬けっていう話をされてたの、それももちろん知っていますけれど、この間、児童相談所でも薬漬けっていうのを目の当たりにしましたよ。

うちの次男が万引きを犯したんです。15歳なんだけれど、髪ちょっと伸ばしてて、体も大きくなってきて、けっこう迫力があるんですよね。それで、現行犯逮捕されちゃったわけ。コンビニでね。名前を聞いても名乗らないし、年齢聞いても黙ってたという。捕まえたほうは、23、4歳かと思ったんですって。

船瀬　おぉ、根性座っているよ。聞いただけで迫力あるよ。

秋山　スサノオのスピリットを引き継いでいる。だって、屋久島の益救《やく》神社でお賽銭箱、ひっくり返したからね。それ、スサノオの所業なんですよ。

それで逮捕されて、日曜日の講演会のあと電話が入って、夜10時半ぐらいに警察署に行ったわけですよ。任意の調書を取りたいと言われて。

こっちは弁護士、医学博士ですと言ったんだけど、医学博士も代替医療だから、説明とかいろいろ難しくてね。夜中の3時半ぐらいまでやりとりしていたんです。

結局、「お父さんが24時間、彼を監視して完全に再犯防止をすると確約するなら連れて帰ってもらってもいいけれど、それができないなら児童相談所に送ります」と言われた。

船瀬　おっと。それはね。悪魔の新入りだよ。

秋山　うん。でもこっちは嘘つくわけにもいかないし。だって、もう8カ月前から予約してくれたような、困っている方の健康相談が入っているんですから。キャンセルするわけにはいかないわけですよ。

それで、「いや、それはできません」って言ったら、本当に、児童相談所送りになってね。

警察署の担当者は担当者で、一生懸命やってくれているのはわかるんです。遅くまで大変ですよ。こっちは寝なくとも平気だからさ、忍耐力は人一倍あるからね。逆にそういう仕事でもあるし、もともと。

それで、もう雰囲気としては、児童相談所に送られて、何カ月も戻れないのかなと思ってたわけです。
船瀬　児童相談所の正体は、子供を親から取り上げて、永遠に出さない〝児童監獄〟だよ……。内海聡医師が、それと戦っている。
秋山　翌日、とりあえず万引きしたコンビニに謝りに行くと、店長みたいな人がはじめは怒ってたんですよ。もうね、警察でいろいろ質問されたりして、6時から夜中の12時まで6時間も拘束されたんですよ、って。お店の大きな損害です、とか言われて、確かにそうだろうなと思いました。
名刺をいただいたので、そのあと自分のオフィスに行って、本当に全て私の責任ですのでと、丁重にお詫びメールを書いたんです。とにかく丁寧にやろうと思って。
それで、翌朝またオフィスに行ったら、現行犯のところを捕まえた店員が来てて、急にお店側の態度が変わっていたんです。メール見ました、本社にも送って検討はしましたと。それで、向こうから、示談にしてくれませんか、お願いしますと。
船瀬　向こうから？
秋山　はい、向こうから。「子供ってわかっていたら警察呼びたくなかった。おおごとにしたくなかったです。特に、お子さんは常連さんでお世話になったのに恩を仇で返してすみません」なんて言うんです。
こっちも恐縮しながら、その場で気持ちをちょっと包んでね。だからすぐに示談ついちゃったわけです。
もちろん、警察のほうもすぐに済みました。ただ、その前に児童相談所とやりとりしたときに、まず児童相談所に入る同意書を提出してくださいって言われたんです。その同意書に、施設では予防接種を打ちますと書いてあって。
船瀬 オーマイガッド。
秋山 薬も投与します、それに同意してください、と。児童相談所ですよ？
船瀬 薬漬けだよ。
秋山 そう。それは、例えば典型的な話では、親が虐待していたら、その治癒に使うという名目で。
船瀬 今度、児童相談所で薬漬けという虐待が始まる。
秋山 そう。親が会いたいと言っても、もう外に出さない、みたいな。
赤ちゃんでもそれが起きていて、赤ちゃんがお母さんと会えなくて死んじゃうということもあるわけです。内海（聡）先生とかも……。

船瀬　内海さんはそれでもう、悪戦苦闘しているよね。

彼のところには「子供を児童相談所に取り上げられた」という相談も多い。

一度、彼らに連れて行かれると、いくら親が「返してくれ！」と抗議しても返さない。裁判に訴えても負ける、というからひどい。国家による〝児童誘拐〟だ。

最近、マスコミが児童虐待の極端なケースを繰り返し流している。これも、国家による〝誘拐〟を合法化するためじゃないか。

〝闇の勢力〟イルミナティが、最終的に目論む未来社会が〝アジェンダ21〟。そこには「子供は国家が没収する」と明記されている。児童相談所による拉致は、その人類家畜化社会への第一歩なんじゃないか……。

秋山　こっちもいろいろ知っていますしね。

同意書には、予防接種前提、薬も投与と書いてある。でも、うちの長男次男、１本も予防接種打っていない、薬も全然飲ませていないから、とんでもないと思ってですね。施設に入る同意はするけれど、予防接種のとこは二重線引いて、薬のとこも二重線引いて。

別途、彼の遺伝的なことや、薬や予防接種は体質的に合わず、かえってリスクがあるっていう医学博士としての意見書をつけて、併せてファックスしました。

建前の世界だから、形さえ整えてあげればいいんです。

船瀬　よくやりましたね、それは。

秋山　そうして児童相談所に会いに行ったら、まず担当者がとてもいい人で。「正直、児童相談所が今、子供がいっぱいでスタッフが足りなくて、息子さんにはいち早く帰っていただきたいんですけれど」と、こう言うんです。

あれ？　聞いてたのと違うな、みたいな。薬とか予防接種を進んでやらせようとするのは保健士さんなわけです。

それで保健士さんが出てきて、次男は秋山和〇という名前なんですが、その保健士さんが秋山和〇だったんです。アキヤマカズまで一緒。

船瀬　シンクロしちゃった。

秋山　そう。シンクロしていて。保健士さんが、不思議なことで、息子さんと名前が本当に1字違いなんですよと。

船瀬　引き寄せ効果だな。

秋山　それで、意見書見ましたけれど、予防接種や薬を投与しない、ということはわかりました、って言われました。

私がレイキのマスターをいただいているというお話もすると、レイキも理解していますっておっしゃって。

船瀬　おぉ。それはいい人にあたったね。

秋山　そう。超いい人にあたって。まあ、結局は示談になったので、すぐ家に連れて帰ることができました。2、3カ月いてもらってもいいかなと思ったんだけどね、彼はたくましいし。

船瀬　親父、肝座ってるね。

秋山　だって、小学校に入学して、1カ月で見切ってるんですよ。

船瀬　たいしたもんだよ。

秋山　4月は学校に通いましたが、5月になって学校行きたくないって。

船瀬　立派立派。それでいいのだ。

秋山　なんで？　って聞いたら、つまんないからと。

　俺もわかると、いいよ、行かなくてって、そんなこともありましてね。

船瀬　超大物だよ。将来が楽しみだ。

目覚めの波動は広がっている

秋山　彼が8歳のとき、アマゾンの熱帯雨林に40日間一緒に行って、サンダルと半ズボン、半そでで森を歩ききったら、シャーマンがびびっていました。それ以来、そのシャーマンが来日するときに、「カズは？」とか言って、お土産持ってくるようになった。

船瀬　シャーマンびびらせたって、大物だよな。

秋山　彼らも、ちょっと軟弱で靴はいてたりしますからね。

話を戻しますと、児童相談所では、まず薬を与えるという前提なんですって。薬を飲まし続けた上で、リハビリをちょっとずつやって、職業訓練をやって職に就いていくと、そういうコースしかないんですって。

船瀬　うわー。完全な……。廃人ロボットをつくるシステムだ。

秋山　「でも、息子さんを見ていると、アマゾンも行ったそうですし、ワイルドな感じですね、彼は大自然の中にいたほうがいいと思います」と。

「実は、私自身も息子と一緒に田舎のほうに移住して、自然の中で暮らしたいと思っているんですよ。これは担当者を離れてのことですけれど」なんて内々の話してくれました。

船瀬　おぉ。もう仲間じゃん。

秋山　そう。こっちも薬漬けの話とかいろいろ伝えてあげたら、やっぱりそうですか、みたいな。お互いに喜ぶところもあってですね。周りと全部味方になっちゃうんですね、私は。

船瀬　いいつながりですね。

秋山　そうなんですよ。井上さんと会ったのも、名古屋市立大学出身の高橋信雄先生という方の紹介だったんですが、その先生も現代医学に身をおいていますが、「私たちもシステムの被害者です」とかおっしゃられていて。

船瀬　そこまで目覚めが……。覚醒の輪が広がっているんだね。

秋山　そう。平成開業医の会とか主催していらして。開業医って組織の大学病院よりも自由になっているんです。自分で経営するから。そうした若い開業医を集めて、本当のことを伝えようって活動されていて。YouTube にも動画を上げていらっしゃいますが、ちょうど100回目が私のビデオ。

船瀬　確実に目覚めの波動が広がっているよ。

秋山　はい。私を２０１５年に呼んでくれて、「真の健康とかは何か、私たちの存在の本質について波動的、物質的視点から考える」というテーマでお話をしました。
船瀬　最高じゃないですか。
秋山　その場でコーヒーを7、80人分私が出して、リンが来たばっかりだったからリンを鳴らしてと。「波動で感じてください」ってね。
そしてなんと、そのときのスポンサーが製薬会社だったんですよ。
船瀬　すごい。暴力団追放大会のスポンサーが組だったみたいな。
秋山　そうそう。やっぱりほら、撒いた種はちゃんと刈り取りましょうか、みたいなね。みんな、味方についてくれているんですよ。
船瀬　いい波動の流れだね。
秋山　そうなんです。
船瀬　本当にいい流れですよ。これは、夜明けは近いよ。
秋山　やっぱり、悪口を言わないっていうのはポイントみたいです。
船瀬　そうだね。
秋山　これで私が製薬会社の悪口言ってたら、またギクシャクするんだろうけど、逆に彼らの立場わかっていますからね。悪役をやってくれて感謝しますという気持ちがあります。

船瀬　うん。悪にも感謝だね。

ロックフェラー君、頑張ったねって。

秋山　そう。だから内観していくと、彼らに恐怖があると気づいて、それは自分にもあった。子供のときの自分にもあった。アフリカで餓えていく子供たちを、悲しいと思えた。自分の目の前にあるこのご飯が届いたらと思ったけれど、できない無力感で、結局、心にふたをしたわけですよ。彼らのことを考えていても解決はしない。

船瀬　そうだね。恐怖っていうのはわかるね。

秋山　それを思い出してね。でも、彼らはある意味立派だと。その恐怖に向き合い、頭で考えて実行までしていると。何もしないで逃げた私よりも、ある意味ずっと偉いんじゃないか、ただ前提が違っていただけじゃないかと思ったんです。

船瀬　それはなかなかだね。そこまで思えるのはたいしたもんですよ。

秋山　それで、彼らに愛を送れるようになったんです。上江洲先生が言われています。「全てみな、翼を持った天使たち、光の天使たちです。この地上70億、1人でも嫌いな人、１人でも愛せない人がいたというならば、その人は悟ったと言えるでしょうか」と。

船瀬　面白いね。陰謀論では、大変な著作のあるデイビッド・アイクというイギリスの作家がいるんですが。彼が書いているんだよね。「愛のダンスを踊ろう」って。「愛の不服従のダンスを踊ろう」って。祈りと愛のダンスを踊ろうって巻末メッセージで書いてるんですよ。

秋山　だから、悪役と良い役とかって分かれて芝居をしてきたけれど、もう今や大団円でさ。みんなで舞台のカーテンコールに出て喜び合うっていうか。魅力的な悪役がいればこそ、映画も面白いものになりますよね。

自分の変態っぷりをアピールする時代が到来している

秋山　先生の映画好きは存じてますが、私も一時期は年間２５０本ペースで観ていました。パソコンにテレビキャプチャーカードを刺して録画して、変換して、行く先々で電子手帳のザウルスで観ていたり。

船瀬　僕も、多いときは年間５００本くらい観てましたね。Netflix や録画を iPad で。

秋山　私は特に、『スター・ウォーズ』が好きなんです。闇の世界が……。

船瀬　ダース・ベイター。

秋山　そう。『スター・ウォーズ』ネタで何回講演したことか。実はプラーナってフォースなんですよ。

船瀬　フォースね。もうまさにね。

秋山　命と命を結び付けている力、それをフォースと言うんだと。

私の講演で、「不食になるにはどうしたらいいんですか？」とか、「プラーナをとるにはどうしたらいいんですか？」という質問を受けます。

「プラーナをとろうと思うよりも、自分から放つんです。アウトがあればインがあるというのが法則ですから、愛のエネルギーを放てばいいんです。あなたが愛そのもの、光そのものであることを思い出し、そこで思いきり無条件に放てばいいんですよ。そうすると自然に入ってくるんです」と答えます。

それには、『スター・ウォーズ』を見てくださいと。プラーナに親しみたかったらフォースにフォーカスする。エピソード8のときもね、ルークが最後にレイちゃんに手ほどきするんです。

「フォースとは何か？　石を持ちあげられる力ですか？　人の心を愛する力ですか？」とか。そして、「素晴らしい。君の答えは全て間違っている」っていう。

それこそエピソード4、5、6で始まった頃は、光と闇の二元性がはやっていた頃で、ダース・ベイターっていう闇をルークという光が滅ぼすというわかりやすいストーリー。

船瀬　勧善懲悪。実は、誰の中にも光はあるし闇があるっていうね。

秋山　そうそう。

ところがしばらくして、次の第2期3部作、エピソード1、2、3がつくられたときには、才能あふれるミトコンドリアの数値がヨーダより多いという、アナキン・スカイウォーカーっていう少年がね。

船瀬　悪に染まっていくと。

秋山　そう。ジェダイの修行をして、ジェダイマスターの一歩手前までくるんだけれど、最後の最後で恐怖と悲しみにとらわれて、闇に堕ちてダース・ベイダーになるという物語。しばらく間が空いて、最後の3部作、7、8、9が始まって、7がフォースの覚醒だったわけですけれどね。

それまでは、ヒーローは1人といった世界だったのが、黒人がライトセーバー持ったりね。抵抗軍の兵士、ストームトルーパーFN－２１８７というんですけれど、彼は、自分の内なる感覚や正義に基づいて行動し出すのね。ペルソナの仮面を脱いで、自分の本質で。

船瀬　あの黒人の兵士は、自分の生き方を選んだよね。

秋山　一般社会ではこうじゃなきゃいけない、親からこうしなきゃいけない、とにかく善じゃなきゃいけないとか言われてかぶっていた仮面を、まさに私たち一人ひとりが外して、「本当は何が好きなの？　どんな変人なの？」って、自分の変態っぷりをアピールする時代に来たかなと思います。

ドルフィン先生が、変態６レンジャーを結成したのは、実は害を及ぼすようなひどいことを勧めている医者が、今の世の中では間違って尊敬されているという事情がある、でもそれを逆手にとって、ミッションを行うことにする、ということなんですね。

船瀬　変人奇人ドクターを集めて。

秋山　はい。医者に対する信用というのを逆手にとって、地球人全体を総変態化する計画を実施しようと。

まずは日本からということで、変態６レンジャーでパフォーマンスをしていくとともにに、変態ドクター48を結成して世界にアピールする。

船瀬　それはいいことですね。僕は、文明を前に進めるのは変人奇人だと思っている。本当はまともなこと言っているんだけれど、一般社会から見ると、「何あの人？」って、なっているわけ。変人奇人ね。

けれど、そうした動きは、やっぱり社会の常識がひっくり返って非常識が常識になるということの、1つの兆しだよね。

秋山　そうですね。その変人もちょっとの変人じゃ駄目みたいでね、もう本当に超変人。それに変態も、実は不完全変態と完全変態っていうのがありましてね。

コオロギが大きくなって大人のコオロギになる、これを不完全変態と言います。ちゃんとした科学用語ですよ。イモムシがサナギになってチョウになる、これが完全変態。イモムシに羽が生えたのがチョウチョなのではなく、イモムシがサナギになること。

船瀬　別の生命体になるんだよね、あれは。

秋山　そう。中で全部、一度、ドロドロの液体になるんだって。それで全部つくり直するわけです。

船瀬　現代生物学は、まだそれを解明できていないんですよね。

だって、別の生命体になっちゃうんだよ。

秋山　エネルギーの設計図がないとできない。そのエネルギーの設計図に基づいてそれを組み直す、物質でない力がないと、できないはずですもんね。

船瀬　まさに、基本中の基本のメカニズムのスイッチが入る。

秋山　そうです。そのスイッチが入るように、はじめから仕組まれているんですよ。やはり私たちが自分の内なる神、内なる本質に気づくときっていうのは、いったんサナギのように動きを止めるんです。外に意識を向けて動きすぎるのではなく、内側に向けてね。内観瞑想してじっくりゆっくり過ごす。これが、サナギと通じる内観瞑想だと思うんです。その中で、自分の本質に気づいて。

船瀬　そうそう。自分の内なる声に耳を傾けなさいっていうね。

秋山　自分の、本当のこれから変態する蝶々の姿はどうであったか、色はどうであったか、というのを自分で確認して、それを自分でつくり出すということかなって思います。

船瀬　〝リッスン　ツー　ユア　バディ〟（おのれの肉体に聴け！）ですよ。中に全てがあるからね。

秋山　そうです。

薬害をレメディが解毒する

船瀬　しかし、いいお医者さんとかいい薬とかね。みんな、必死で探している。だけど、永遠に手に入らない。

秋山　現代医学がみんなにとって都合良かったのは、病気の原因を外に求めたから。19世紀フランスのパスツールとビシャンプの論争のときに、パスツールは病原菌が病気の原因だと言いました。これに対し、ビシャンプは、細菌は病気と関連はしているが、原因ではなく、原因はその細菌がはびこる土壌（ソイル）であると主張しました。ビシャンプは、ワインの原料となるぶどうの病気を研究していた方です。

船瀬　それが病んでいるから、病原菌が生まれるという。だから、病原菌は二次的、セカンダリーなもの、プライマリーではないと言ったんだね。

秋山　そう。汚れた土壌が原因であって、病原菌はそこに生じた結果であると。

船瀬　「結果」を「原因」と見誤っているとね。

秋山　そう。ところが、自分の意識の乱れとか、生活習慣の乱れとか気の乱れ、食べ方の乱れが原因となると、自分を変えなきゃいけないわけですよ。人は、それは嫌なんです。

でも、環境が悪いとか、病原菌がやってきたからとか、外に原因があったとしたら、それを兵器で退治すればいいんだ、と思っちゃう。

船瀬　だから、薬薬ってなっちゃう。それで、ドクターショッピング（医者めぐり）が始まるわけです。病気は永遠に治らない。

秋山　自分を変えなくていい、薬をとればいいというのだったら、そっちをやりたいっていう、やっぱり人の弱さがね。

船瀬　ところがね、病気は「体毒」で生じるんだから、本当は「体毒」を出しちゃえばいいんですよ。心を冷静にして、食べすぎを戒めたりできればデトックスされるんだけれど。

「体毒」で病気になっているところに薬、つまり「薬毒」を足すでしょ。だから、毒＋毒で、どんどん蓄積されていっちゃう。

秋山　そう。

船瀬　それじゃあ治るはずないのに、こんな簡単なこともわからない。

秋山　一時は私も、強い毒が入ると、ショックで症状が出せなくなったりしていました。

船瀬　だから、薬の効能っていうのはいわゆる〝毒物反射〟なんです。

秋山　それこそ極端な話でいうと、完全に殺しちゃうと症状が出ないんですよ。
船瀬　症状というのは治癒反応ですから。生命力の表れなんですよ。症状も出なくなるっていうのは危ない状態です。
秋山　そうなんです。症状というのは治ろうとしているリアクションなんです。
例えば私のホメオパシーのケースですけれど、喘息とアトピーで悩んでいた北海道の4歳の男の子。２０１１年の２月だから震災の直前くらいですね。砂糖玉を水に溶かしてとるということを始めてもらったんですね。これが翌月の3月。

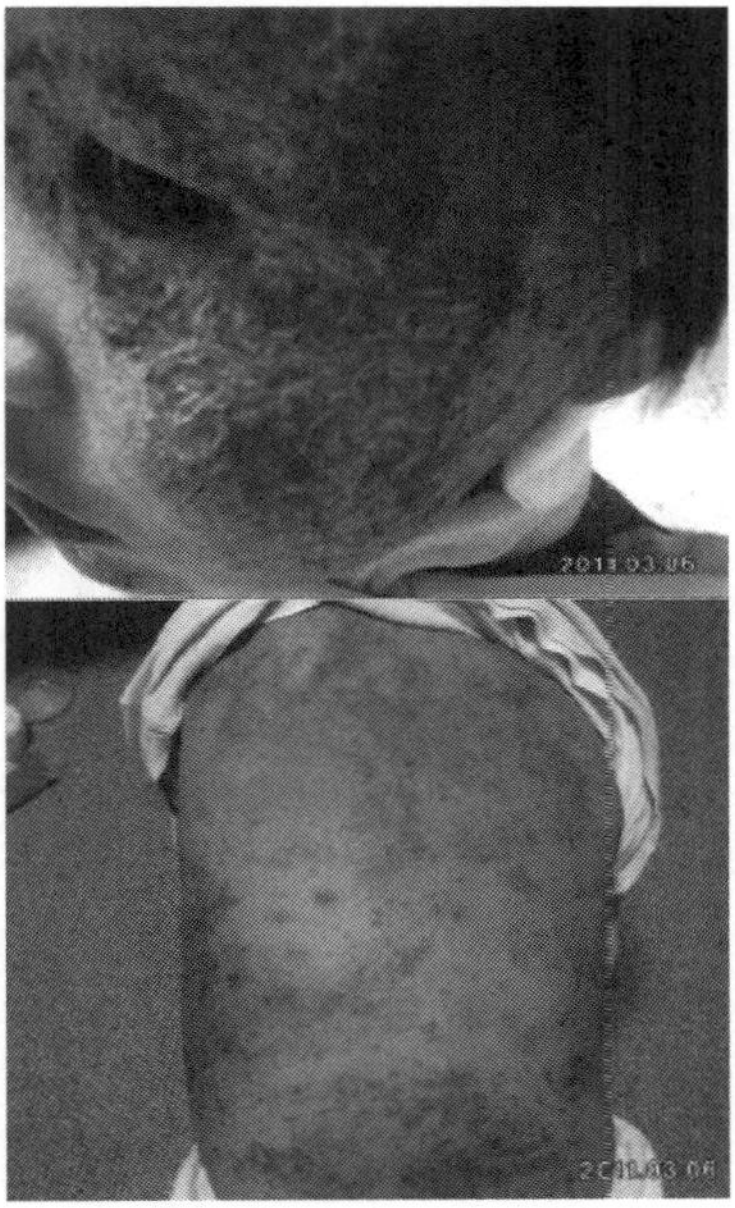

アトピー症例：2011 年 3 月初旬

船瀬　これはかわいそう。
秋山　けっこうひどくなった感じでしょ。好転反応ですよ。全身に出る。
でもこの段階で、喘息は治りました。喘息のほうが、病理が深いんです。呼吸が止まると死んじゃいますからね。
でも、アトピーは死ぬほどつらく

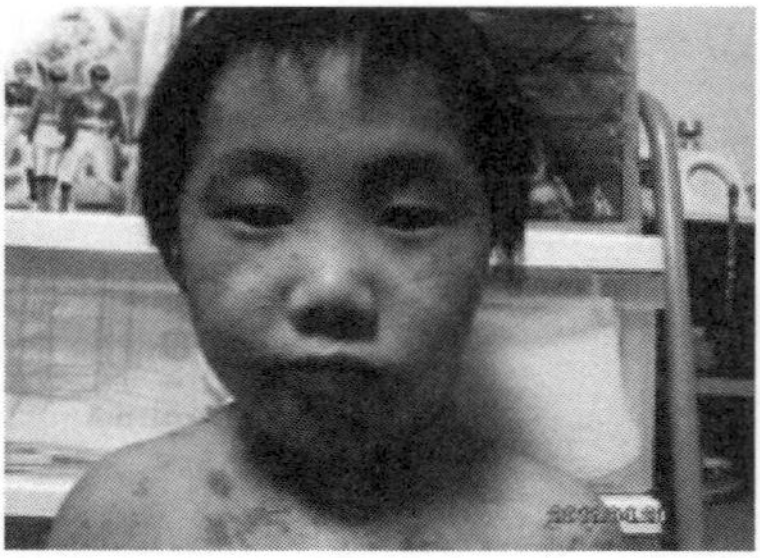

アトピー症例：2011 年 4 月

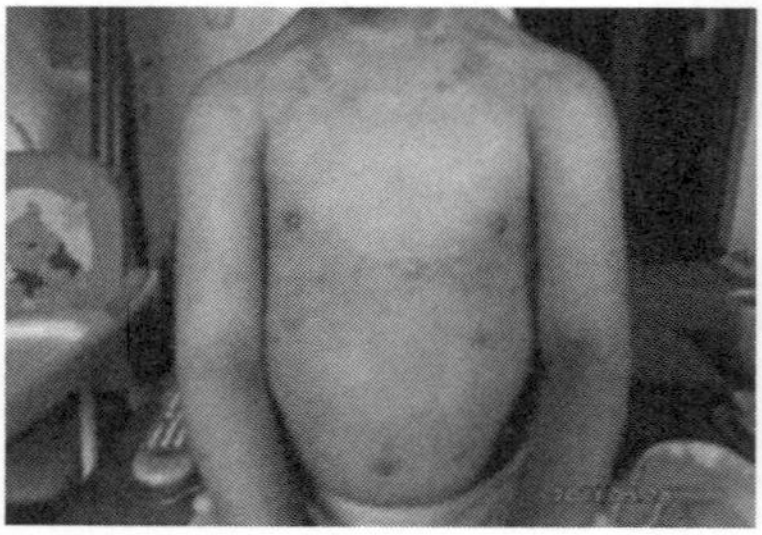

アトピー症例：2011 年 5 月

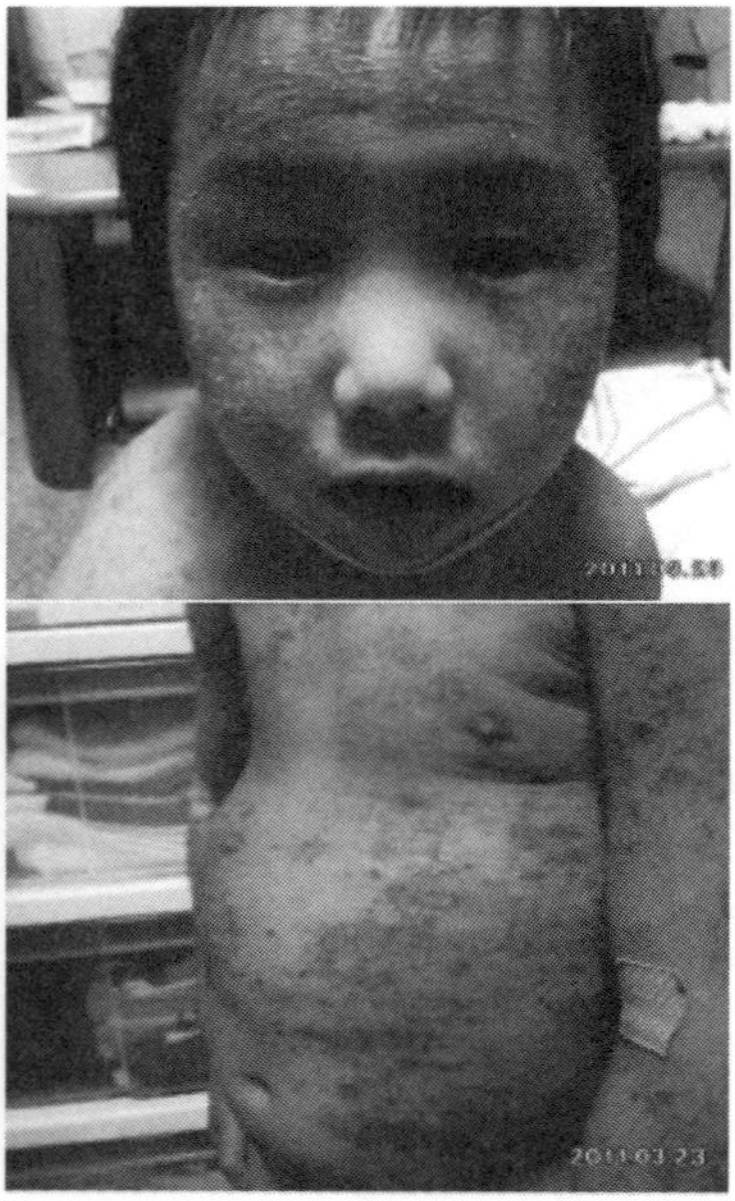

アトピー症例：2011 年 3 月下旬

ても、死にはしないんです。これが3月のはじめ。これが3月の終わり。ちょっと落ち着いてきた感じ。

船瀬　出つくしたって感じだね。

秋山　これが4月。ちょっと顔つきがお兄ちゃんっぽいでしょ。5月。もうお腹、きれいでしょ。プールに行けるようになったそうです。

　そして8月に、完治しました。

船瀬　顔つきもしっかりしてきたね。

秋山　3カ月分のレメディを2回、選ばせていただきましたが、それで完治しました。

　レメディは、完治するともうい

らなくなります。肌もつるつるとしてね。
これが、1年後、北海道講演会で再会したときの写真です。
船瀬　しっかりした顔つきになったな。
秋山　小学生になったけれど、少しも再発がない。
いろいろなお子さんを見てきましたが、この子はひどいでしょ。4歳で。血液の汚れの病気なんですよ。なんで4歳でここまで汚れているのかと。
船瀬　お母さんの体が汚れていたんだな。

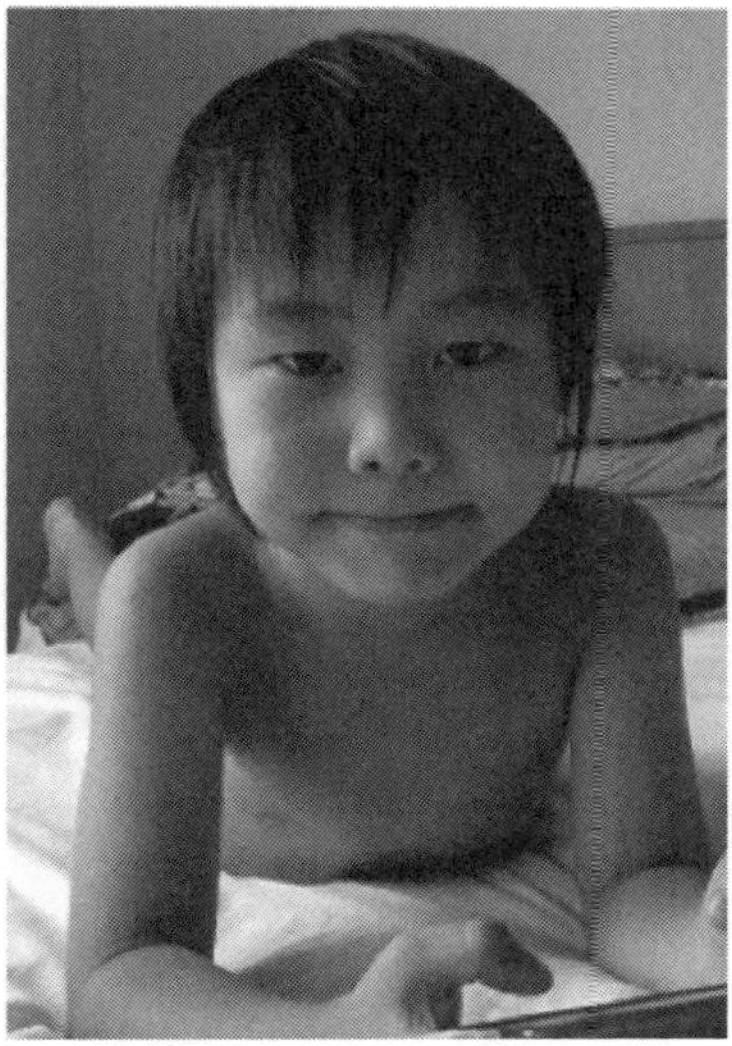

アトピー症例：2011 年 8 月

アトピー治療から 1 年後

秋山　予防接種打ったあと、アトピーが始まって、そこにステロイドを塗ったあとから喘息が始まったと。だから、典型なんですけれど。

船瀬　チェーン（連鎖）だね。

秋山　はい。予防接種だけじゃ、ここまでひどくならないっていうのが、私の経験則です。

船瀬　チェーン・リアクション（連鎖反応）。

秋山　この子はお母さんが不妊治療を受けていて、たくさんホルモン注射を打ったって。

船瀬　それは最悪だな。

秋山　頬がひどいでしょ。私は中国医学の最低限の知識は持っているので、この様子を見ると、ホルモン剤の害だとすぐわかるんです。

　例えば、女性でホルモンが荒れて、特にサドル型になっていたら、子宮卵巣系の病気があるわけですよ。薬害だというのは、見てわかりますから聞いたら、やっぱりこれはホルモン剤からきている。

船瀬　そうか。不妊治療でホルモン剤打つのか。

秋山　いや、バリバリですよ。

船瀬　バリバリか。女性ホルモンでしょ。

秋山　そうです。

船瀬　発ガン性あるよ。

秋山　そうです。ホルモンって、本当は月と同期してたりとか、リズムで働いているところだから、それに人工的なのを入れると大自然のリズムが狂うわけです。

船瀬　単なる毒にすぎないね。

秋山　いや、もうひどいですよ。

船瀬　猛毒ですね。

秋山　だからその毒を出していったわけです。ホルモン剤のレメディとステロイドのレメディ、抗生物質のレメディ。それで解毒するんです。

船瀬　皮膚が一生懸命排泄しているわけですね。皮膚は排泄器官だから。

秋山　肝臓や腎臓も働きますからね。

毒素を溜めやすいとか、遺伝的なものだったりとか、傾向もありますね。

お母さんは、北海道で長男の嫁になって、「子供がそろそろ欲しいわね」とかお姑さんにチクチクと言われてね。ご主人も優しい人なんだけれど、「子供できたらいいね」とか言われてストレスがすごかったようです。

「そんなこと言ったって私のせいじゃないじゃない！」なんて言えてたら、病気にならないんだけれど。

船瀬　溜め込んじゃう。

秋山　そう。感情を出せないっていうのは、毒素を出せないっていうのと実はリンクしているんです。

船瀬　子供が引き受けちゃっているわけね。

秋山　お母さんが不妊治療で体がボロボロになっているその様子を天から見ていて、この子はお母さんを救おうとお腹に飛び込んだわけ。胎児である自分に毒素を引き寄せて、出産することでお母さんを救ったんです。

船瀬　親の因果が子に報うってやつだね。

秋山　だから、こんなにひどくなっているんだけれど、彼は彼で、早いうちに私と出会うことをきっかけとして自分の体をきれいにするとともに、こうした情報を提供して、みなさんを助けるっていう計画をしてきているわけです。生まれる前からね。

船瀬　お母さんを救うために生まれたようなもんだな。

秋山　まさにそうです。

船瀬　水俣病の悲劇がそうだよね。子供産むとお母さんがきれいになって。

秋山　そうなんですよ。顕著ですよね。

船瀬　有機水銀が赤ちゃんにいって、完全な脳性麻痺になっている。あれ、一種の排毒ですよね。

秋山　そうです。池川明先生も、出産は最高のデトックスですって。

船瀬　そういうことだ。全部赤ちゃんにいっちゃうわけだ。

秋山　感情もそう。出産のときに、わー、とか絶叫したり。ああいうのでけっこう悪い感情が排出されるんですって。もう、心身のデトックスになるらしいですよ。

悪い想念が悪い細胞をつくる〜言霊で病気を治す

船瀬　あと、ガンについても、我慢強い人がガン患者になるんですよ。要するに、溜め込んじゃうから。

秋山　そう。ガン患者さんって一見いい人が多いんですけれどね。一見なんていうと語弊があるかもしれませんが。それで治療していくと、例えば文句を言いだす方がいらっしゃったり。

船瀬　体の中に、不満を溜め込んでいる。

秋山　ただ、感情を出せるようになるのはいい傾向なんです。ハーネマンは、病気の治癒は、はじめに気持ちが軽くなるというところから治癒が始まると言っています。

船瀬　いい言葉だね。

秋山　はじめに意識の変化があるんですよ。意識の変化が上流で、そこが整ってくるといい流れができる。物質化するまでちょっと時間がかかるんですけれどね。

だから、結果としてのガン細胞をいくら取ったとしても、エネルギー場が残っていたらまたできるし。

船瀬　悪い念が悪い細胞をつくっている。

秋山　そう。そこを取っちゃったら、別のところでつくろうとする。

船瀬　頑固な人っていうのはガンになりやすい。ガンが固まるって。

秋山　「ガン」って言葉は、言霊が固いからそれを「ポン」って言いかえようっていう動きがありますね。

船瀬　筑波大学名誉教授の村上和雄先生も、「笑いの伝道師」として有名なお医者さん、昇《のぼり》幹夫先生も言っている。

秋山　昇先生も、乳ポンって言いなさいって。パピプペポって軽い波動だから。ガンの細胞って固まっているから、軽い波動で融解させる、みたいな。波動療法なんですよ。

船瀬　ポップミュージックとかね。ポップコーンとか。弾んだ、気持ち良い響きなんですよ。

秋山　それだと気が軽くなる。言霊で病気が治るなんていくらでもありますよ。

船瀬　そうそう。だから乳ガンの人に、〝乳ポン〟って言ってごらんって言うんです。気が軽くなるからって。

やっぱりね、ガン患者になる人は本当にパターンが決まっているんですよ。神経質で、真面目で、頑固で、怠けることが嫌いな人。

秋山　頑張り屋さんで、感情出さないんですよ。

船瀬　ひたすら耐える人。これは、完全にガンになっちゃう。逆な人は、なりようがないんです。

秋山　なりようがない。好きなこと何やっても、どんなもの食べてたって、たばこ吸ったって、お酒飲んだって、ならないですよ。

船瀬　もう好き勝手やりまくる。周りは迷惑だけれど本人は毒がたまらない。

１０５歳まで生きた聖路加病院の日野原重明先生はさ、長生きするに決まってるさって周りは言ってたよ。いつも怒りまくってんだもんって。周りの人間が寿命縮めてんだよって。すごいわがままだったらしいよ。だからストレスたまんないわけ。

秋山　ウチの祖父、さっきもお話した、西村孝次という文学者ですけれど、96歳まで生きて、しかも病院じゃなくて介護施設で亡くなっているんです。亡くなる3日前まで酒飲んでいてね。

あるとき、私が一人暮らしの江戸川アパートで司法試験勉強していた頃、夜中の12時ぐらいにドンドンとドアが鳴ってね、開けたら、90歳超えた祖父がいたんです。明治大学の同窓会があって、酔っ払って昔住んでいたアパートに、帰巣本能で帰って来ちゃったわけ。玄関で倒れて、柱に頭ぶつけて、大丈夫かな？　と思いつつ、しょうがないから布団敷いて寝かせたわけです。

そしたら、朝4時ぐらいに鼻歌が聞こえてきて、フンフンフンとか言っているんです。

船瀬　元気なじいさんだよ。

秋山　「どうしたの」と言うと、「二日酔い」だと。「こういうときは迎え酒をするといい」とか言って。前日は参加者全員と1杯ずつ飲んだんですって。「何人いたんですか」って聞くと「70人ぐらいかな」とかケロッと言っていて。

船瀬　それはいいことですよ。素晴らしい。

秋山　それもビールとかじゃなくて、日本酒ですからね。

もう、お酒が原因で祖母とも別居しちゃったような話なんです。私が物心ついたときは別居していて。

船瀬　それは豪傑ですよ。

秋山　90歳過ぎても散歩は毎日、10キロぐらいしていました。

船瀬　それは簡単には死なないよ。

秋山　剣道もやっていて、ビュンビュンって竹刀降ってね。

あと、「私は恋している女性がいる」んだって。

船瀬　それがなきゃ駄目。

秋山　そう。花束を贈ったんだとか言っているわけ。

船瀬　最高だね。

秋山　私の母が食事運んだりしていたんですが、都合の悪いことは聞こえなかったんですね。こっそりたばこ吸っていたんだけれど、うちの母には「たばこはやめたよ」なんて言って。

船瀬　いい意味で、不良じゃなきゃ駄目なんですよ。「不良のすすめ」って本書きたいくらい。

秋山　でも、ありがとうって言葉もよく使っていた。何でもありがとう。

船瀬　いいことだね。不良だけれど、心優しき不良なんだよ。

秋山　はい。すごくいいものを見せてもらったなと思ってます。

少食であるほど寿命が長い（ホツマツタヱより）

船瀬　152歳まで生きたって言われてる、オールド・パーっていたでしょ。オールド・パーのじいさんなんか、105歳で人妻を襲って、子供生ませてんだもん。強姦罪で捕まっている。

秋山　ええ？　105歳で？　すごい。

船瀬　122歳で結婚しているんだよ。最高。もう、突然変異というか怪物ですよ。
秋山　ホツマツタヱによりますと、家系図の一番上にいらっしゃるのが、アメノミナカヌシ様で、その下が……　クニトコタチ様がでてきますが、この方が初めて政治を執り行ったので、実質的には初代天皇になります。このクニトコタチ様には、八人の子供がいて（八王子）、それぞれ、一文字ずつの名前になっています（エ・ヒ・タ・メ・ト・ホ・カ・ミ）そのご長男のエノミコト（エの尊）は、クニトコタチ様のあとを引き継いで、90パーセント国を整えて第5男のトノミコト（トの尊）に譲ってね。でもそのあとも、300歳まで生きて弟を支えているわけです。
　それとホツマツタヱには、少食であるほど寿命が長いってはっきり書いてあるんです。
船瀬　そういうこと。
秋山　食事が増えていって、寿命が短くなっていったっていうことなんですね。
船瀬　オールド・パーだって、チャールズ1世が国の誇りだって言って、ロンドンに2週間ぐらい招待してね。豪華な馬車でロンドンまで呼んで、それで誕生日の宴を国王が盛大にやったら、食べすぎて死んじゃったって。
秋山　そうなんですか。

船瀬　誕生祝いで殺されたようなもんだよ、ごちそう攻めでさ。落語のオチみたいなね。

秋山　本当ですね。

船瀬　おあとがよろしいようで。

秋山　いい死に方かもしれないですけれどね。

船瀬　それはまた運命だね。

秋山　それこそ、昔から腹上死なんて言いますけれどもね。

船瀬　あれはね、フロム・ヘブン・トゥ・ヘブンと僕は呼んでいる。

秋山　ヘブン・トゥ・ヘブンですか。

船瀬　天国から天国へ（笑）。

ヒーラーは、宇宙エネルギーの通り道をつくりなさい

秋山　さっき言ったように、笑わせようと思うと笑わない。

船瀬　そういうこと。それはよく経験している。

秋山　逆にさっき思ったのが、絶対笑わせまいぞって思ったら、たぶん笑う。

船瀬　笑うんです。面白い「作用反作用」でね。要するに、0・1秒でもオーディエンスに伝わるんですよ、波動が。

秋山　だからヒーラーさんとかが助けを求めてくるでしょ。でも、間違っても助けてあげようなんて思わないで、こっちはただ観察しているんです。

「ずいぶん重そうなお荷物をお持ちなんですね」とちょっと冷ややかなくらいに。

船瀬　先生、それはいいんだよ。結界をつくっているようなもんだから、入ってこないんですよ。陰気、邪気が。逆に、愛を持って、あなたを救いたいなんて思うと、ジャッキーチェーンの邪気が。

秋山　そう。だから荷物を持ってあげない。ヒーラーさんだと、荷物を持ってあげちゃうから。

船瀬　優しすぎる。

秋山　荷物持ってすぐ捨てるならまだいいんだけれど、自分のものは捨てても人の物は捨てちゃいけないみたいなの、あるでしょ。

船瀬　あるある。自己犠牲……。

秋山　例えば、電車の中で急に、「ちょっと持っててくれます？」とかばんを持たされたとしたら、捨てられないでしょ。そういう感じ。

こっちは、「いや、ずいぶん重そうですね。それ持っていたら腕力つくでしょうね」みたいな。

「あなたが持ち続けたいのであれば、それを持って腕力鍛えるのもいいでしょう。でもあなたが重いというなら、ちょっとまずは足下のところに降ろしてみたらどうですか？　中を見て、いらないものがあったら捨ててもいいんですよ。捨てた分軽くなるんじゃないんですか？　もし何もいらなかったら、全部かばんごと捨てたっていいんですよ。それでもやっぱりあなたが持ち続けたいんなら、どうぞ」って言うだけなんです。冷たい。

船瀬　やっぱり、結界をきちんと引いているんですよ。だから邪気が入ってこない。

秋山　実は私、結界は張らないんですよ。

船瀬　え、結界じゃないの？　バリアじゃないの？

秋山　よくね、そういう受けちゃう体質の人はバリアを張ってください、カイコのまゆをつくってくださいとかってありますけれどね。

船瀬　あとお祓いとかするね。

秋山　そうすると、自分で境界をつくっちゃうでしょ。エネルギーが窮屈になっちゃうんですよ。

船瀬　こちらが向こうに出ていけなくなっちゃう。

秋山　そう。エネルギーが流れてこそ健全なんですよ。

船瀬　そういうことか。やっぱ達人だね。

秋山　私は、ヒーラーさんとかにアドバイスをするのは、「受けるのは止めて方向性を変えてください。あなたから放ってください。あなたは優しいからついつい受け取っているけれど、方向性を変えてひたすら愛のエネルギーを放ち続けてください」と。

船瀬　なるほど。受け取るより与えなさい！

秋山　「相手の状態なんて考えなくていいです。あなたが愛そのもの、光そのものであることを自覚し、ただ放てばいいんです」と。水道の蛇口からジャージャー出ているところに水を押し込むことはできないでしょう。だから方向性を変えるんですよ。

船瀬　その方向を示してあげるわけだ。

秋山　自分の固有の気を放つと、その気は枯渇してくるけれど、宇宙エネルギーの通り道になれれば、その循環の波動を放てばいいだけなんです。これがレイキです。

船瀬　そうだね。そして、宇宙エネルギーの流れをつくる。レイキの原理そのものです。

「放てば手に満つ」老子に学ぶ

秋山　音楽は楽しいですよね。私は音楽にもトラウマがあったんです。楽譜も読めませんし、全然習ったこともないんですけれど、音を楽しめば音楽かな、ということで、本当に余計なこと考えずに楽しんでやっていたら、最近はプロの音楽家からコラボしようって言われるんですね。ありがたいことじゃないですか。ライアーとか石笛とか、ちょっと変わった楽器をやっているから。

ここにあるライアーの土台も自分で、5センチの板から彫り上げたから、世界で1つのオリジナルですからね。

船瀬　すごくいい音ですよね。先生の演奏を聴いて、本当に宇宙的なものを感じました。天空からの響きですね。

秋山　ありがとうございます。いい音が出たり、この部屋の波動が良かったりするのは、Chieさんの絵が掛かっているおかげさまでもあります。この絵は半端じゃないんです。

役目を持ってここにきています。
私の事務所も皇居の半蔵門にとても近いんですね。半蔵門は、陛下の吹上御所に一番近い門なんですよ。
ロータス事務所を立ち上げたときは、日テレのそばの麹町駅近くだったんですけれど、1年もしないうちにテナント都合で出てくださいと言われたんですよ。
急ではあったんですが、今までいさせてくださって感謝しますって言ったら、ここが募集開始したのをいち早く見つけたんです。シェアオフィスなんですけれど、最初に申し込めたから一番いい部屋を自分で選べました。しかも安い。ほとんどの備品も、タダでもらっちゃったんです。

船瀬　そうだったんですか。

秋山　机も、椅子も、コピーなどの複合機も、本棚も、全部、天からもらった。それこそ、ボランティアの講演会を始めた頃だったんですね。
本当に、ジャスムヒーンさんからも、「見返りなくやると、それは別の形で天から戻ってくるよ」というのは聞いていたけれどね。

船瀬　それは禅の教えにもありますね。「放てば手に満つ」っていう教えがあるんです。

欲を捨てて全て世に放てば、全てのものが入ってくるって。でも、入ってくるのを期待して放っちゃいけないわけです。

秋山　それ、老荘にも書いてあるんですよね。「相手からもらいたいなら、まず与えなさい」って。

船瀬　そうそう。老子はすごいですよ。

秋山　すごいですよね。

船瀬　僕は「上善若水《じょうぜんじゃくすい》」っていう教えなんかもすごいなと思ってね。「最高の善は水のごとし」という。

秋山　「為すこと無くして、しかも為さざる無し」というのもありますね。何事もしてなくて、しかもしている、という。赤ちゃんが最高の存在なんですよ。

船瀬　そうそう。あと「強い枝は折れるが、弱い枝は折れない」とかさ。逆説に見えて真実を突いてますよ。

それと、「兵強き国は滅びる」って言っています。あと「小国寡民《しょうこくかみん》」といって、理想的な国は小さくて人口も少ない国だと。すごいね。

秋山　小さな村ベース。小さなコミュニティ。

船瀬　それが、本当の理想なんだよってことを言っているよね。

秋山　今、まさに生きてきますよね、この言葉が。

船瀬　そうそう。老荘思想は奥深い。

秋山　本当。

船瀬　「兵強き国は滅びる」って、昔によくそんなこと言ったよね。今のアメリカを見てもそうだし、大日本帝国もそうだったでしょう。あんだけ軍備増強して頑張ったのに、東京は焼け野原になって。

秋山　ジャスムヒーンさんが去年のワークショップで言っていたのは、「セント・ジャーメイン、サン・ジェルマン伯爵は、中国では老子として知られていました」って。

セント・ジャーメインと老子が同じ存在なのかと思ったら、けっこう腑に落ちるところがあります。

大阪に、これまで私の講演会も5回くらい開いてくれたところがあって、88アカデミーっていうんですが。5日間気功断食してから、ホノルルマラソンを完走するということをしているんです。85歳の方も完走したんですよ。4年連続でそのイベントをしていましたが、船瀬先生にもはぜひ取材に行っていただきたいです。

船瀬　5日断食でホノルルマラソンですか？

秋山　はい。

船瀬　体が軽くなったんだろうね。

秋山　はい。85歳の方も完走しましたよ。そこで手伝ってくれている、学校の後輩でシンガーソングライターの人がいるんですよ。その方が自分なりの祈りをしていて、よくセント・ジャーメインが出てくるというんです。

なんだか、本当にセント・ジャーメインとその方はお友達と思えたものですから、「じゃあ、今度会うときにセント・ジャーメインと自分の関係について聞いといて」なんて冗談で言ったんですよ。

私の本、『誰とも争わない生き方』（ＰＨＰ研究所）の冒頭で書いた、アドバイスを受けるときのアドバイス。

それは、ジャスムヒーンさんがセント・ジャーメインから聞いたとおっしゃっていたことですけれど、「そのアドバイスがあなたの自由を広げるものなのか、自由を制限するものなのかをチェックしてみてください」と。

船瀬　自由こそが、生命の本質だものね。

秋山　「もし自由を広げるものであれば、そのアドバイスを受ければいいでしょう。でも自由を制限するものであれば、受け入れる必要はありません」と、こういうアドバイスなんですね。
例えば、野菜でも、無農薬の野菜しか食べちゃいけませんって言われると制限的になるわけですよ。意識を狭めちゃうのね。
一方で、無農薬の野菜っていう選択肢もあるんですよ、そういう農家を支援すれば、自然環境の助けにもなるんですよっていう言い方をすれば、広げることにもなるわけです。
同じ内容でも言い方1つですよね。
船瀬　駄目って言っちゃ駄目だよ。
秋山　そう。駄目って言っちゃ駄目ってね。逆説的な。

「同じ本質をいくもの」（セント・ジャーメインより）

秋山　ジャスムヒーンさんはマニアックで、シャイで、1人でこもりがちだったんです。
でもヨガの先生について習ったりして、自分の足をエネルギー的に光に変えて消すとかやっていたらしいんですね。

あるとき、瞑想でセント・ジャーメインが出てきて、「あなたは、水も食べ物も一切なしでプラーナで生きていけるということを確信できているのか」と聞かれたんですって。もうすでにしていたから、「ハイ」と答えると、「それだったら、それをマスコミに公表してくれないか？」と、こう言うわけですよ。

ジャスムヒーンさんは、「とんでもない、シャイな私がそんなことできるわけがありません。友達にすらなかなか言えないのに、ましてやマスコミなんかに言えるわけがありません」て言ったんですって。

そしたらセント・ジャーメインはそれにひるまず、「あなたはアフリカで1秒に何人子供が亡くなっているか、知っているんでしょう？　あなたの体験に基づく研究が、彼らを救う可能性が大いにあるのに、あなたは見捨てるのか」と言われたって。

船瀬　禅のお坊さんみたいになってきたね。喝《カツッ》！　って感じだね。

秋山　そう。それを言われちゃったらもう……。

それで、もう観念して、「わかりました。公表します」て言ったんですって。

でも、マスコミの知り合いもいないし……と思っていたら、マスコミのほうから電話がかかってきたそうです。

船瀬　あら。「引き寄せの法則」だよ。

秋山　そういうことです。私も、けっこうセント・ジャーメインって手厳しいんだなって思いました。

それで、その大阪の後輩に、「セント・ジャーメインと自分の関係について、聞いておいてね」ってお願いしたところ、いつもはその人がお祈りしているときに出てくるんだけれど、その場で答えがきちゃったんです。「こんなこと初めてです」とか言ってました。

それで、セント・ジャーメインは、「同じ本質をいくもの」って言ったそうなんですよ、その言葉を聞いたら、なんか恥ずかしくなっちゃって。「やばい墓穴掘った」とか思って。

自分の顔見るみたいな、気恥ずかしいような思いが……。

船瀬　自分の顔を鏡で見るって、確かに照れ臭いみたいのがありますよね。

秋山　その場で答えもらうっていうのも思っていなかったから、不意を突かれて。

半分冗談で、なんか昔から関係がありそうな気がするから聞いといてなんて気軽に言ったけど、その場で答えがくるなんて、これ以上聞くとまずいっていう雰囲気があったわけです。
ちょっとあわてて、「それ以上聞かなくていいから」って言ったんですけど、逆に揚げ足取られて、ネタみたいに使われるようになっちゃいました。「秋さん、セント・ジャーメインに聞いちゃうわよ」なんてね。
船瀬 意識がシンクロしますからね。類は友を呼ぶってやつです。
同じ波動が、時空を超えて共鳴するのです。これが、「引き寄せ」の法則ですね。
秋山 だから老子の書物を見ていたときにぴったりきた感覚についても、そこですごく納得したんです。エネルギーが似ているという。
船瀬 それは深いね。90年に僕はアメリカの有名な物理学者で哲学者フリッチョフ・カプラに会って、話を聞いたんだけれど。やっぱり陰陽のことを言っているんです。それで、あなたが一番影響を受けた哲学は何だ？ って聞いたら、言っていましたね。
ブッディズム、ヒンドゥイズム、それからタオイズム。とことん勉強したけれど、一番心に響いたのがタオイズムだって。だから『タオ自然学』（工作舎）という本を書いてね。タオ、道教について、一番詳しいんじゃないかな。
秋山 やっぱりタオは、闇についてしっかりと見ているんですよ。

船瀬　そうそう。混沌、カオスからこの世が生まれたってはっきり言っていますからね。最先端の物理学者が老荘を見ていて、タオイズムこそが物理学の本質だって言っている。

秋山　私の高校の物理の先生も、色即是空がどうこうとか言っていてね。本当は私、物理が好きで、大学は物理学科をいくつか受けたんですよ。早稲田も物理受かったし、東工大も。だから、一流のところで学んでと思ったんですけれど、ハイゼンベルクの不確定性原理、あれで嫌になっちゃったんですよ。物体を観察して、いろいろな法則を探っていくという。

船瀬　「ハイゼンベルクの不確定性原理」は〝観察〟という行為自体が、すでに絶対性を否定する……という。科学者にはショッキングな視点ですよね。

あくまで相対的なものであるってね。

秋山　近似値っていうことなんですよ。物体の位置、変位っていうんですけれどね、それと運動量をかけ算してはかるんですが、ある一定の誤差の範囲でしかわからないっていうことで。

船瀬　ハイゼンベルクはね。

秋山　『部分と全体』という本を書いている人ですけれどね。それを聞いて、自分は一生を近似値に捧げることはしたくないと思って。

船瀬　科学は絶対だと思ったら、相対だったという。相撲でいえば、けたぐりみたいなひっくり返し理論だね。

秋山　そうそう。けたぐりなの。それで嫌になっちゃって、逆にこっちも極端だから、真理追及してもできないんだったら軟派な学問にいっちゃえ、みたいな。それで、文字どおり、ソフト、情報学科に行ったんですが、なぜか自分がいいなぁと思った先生が、純粋数学の先生だったんですよ。集合位相論のトポロジーの先生でね。

船瀬　数学も、変なところにハマると大変だよね。

「リーマン予測」ってあるでしょ。素数配列。あれで気が狂っちゃった数学者が何人もいるんだよね。ラッセル・クロウ主演で『ビューティフル・マインド』っていう映画化までされた。主人公の数学者は、完全に分裂症になっていく。

例えば、素数っていうのは、ランダムに表れるでしょ。でも、素数配列の中になんらかの法則性があるはずだっていうことで調べても、どこまでいってもランダムなんですね。素数が現れるのが。

ところがですよ。リーマン予測で素数配列を研究している数学者が国際数学学会に行って、コーヒーブレイクしていたら、同じようにコーヒー飲んでいる学者がいて、「あなたは何やっている方ですか」って言ったら、「僕は物理学をやっていて、国際物理学会に関わっている。俺たちは国際数学会をやっている」と答えた。

「今は何の研究をしているんですか」って聞いたら、「原子から出るエネルギーのスペクトルのランダム性を調べているけれど、この法則性がわからない」と言う。

「俺のほうは、素数配列のこのランダム性が全然わからない」って言って、2人で、エッ？　と思いつつ重ねてみたらぴったりだった。

秋山　それはすごい。

船瀬　宇宙の法則性、リーマン予測の素数配列のグラフが、原子から出るスペクトルのランダム性と見事に重なった。すごいでしょ、これ。

秋山　そのランダム性が重なるっていうこと自体、言葉の矛盾なわけですよ。ランダムじゃないでしょ。

船瀬　ランダムじゃなくて、そこに1つの法則があったってことだね。

秋山　ランダムという法則です。

船瀬　その物理学者と数学者は、手を取り合って喜んだっていう。

秋山　やっぱり、コーヒーブレイク大事ですね。

船瀬　大事ですよ。だから、先生、美味しいコーヒーも大切に！　やっぱり全てに意味あるんだっていうこと。

「神の数学」は宇宙法則そのもの

秋山　船瀬先生、「神の数学」はご存じですか？

船瀬　僕、それは知らない。

秋山　フラワー・オブ・ライフは幾何学的な立体図形の表現なんですけれど、こちらは10かける10の魔法陣の数学的表現ですよ。それが、表現の形が違っても、どちらも同じなんです。そこには、八百万の神々の意味が全部出てくる。

船瀬　哲学に、宇宙論にいくわけね。

秋山　神の数学もね。伊豆の伊東のほうに80歳過ぎたおじいさんがいて、すごい元気なんですよ。その方は、自然放射線のお風呂とか、水素水もつくっちゃってね、重病な患者さんが来ては無料で提供して、バリバリ元気にしていて。

禱　古神道「カムナガラの道」

0	0	0	0	0	0	0	0	0	0
0	1	2	3	4	5	6	7	8	0
0	2	4	6	8	1	3	5	7	0
0	3	6	0	3	6	0	3	6	0
0	4	8	3	7	2	6	1	5	0
0	5	1	6	2	7	3	8	4	0
0	6	3	0	6	3	0	6	3	0
0	7	5	3	1	8	6	4	2	0
0	8	7	6	5	4	3	2	1	0
0	0	0	0	0	0	0	0	0	0

(9＝0)

佐藤敏夫《さとうとしお》先生といって、砂糖と塩で陰と陽なんですね。

船瀬　へぇーッ！　数学の根底がひっくり返るね。面白い。

秋山　その方が神の数学っていうのを宇宙から降ろされて、インターネットで神の数学と検索すると出てくるんですけれど。

船瀬　本のタイトルじゃないの？

秋山　まだ本にはなってないんですよ。でも冊子は出していて、その神の数学の魔法陣がとにかくすごくて。誰が見てもすごいんですよ。「10進法にしたのが全ての間違い」だとおっしゃってて。

船瀬　面白い。

秋山　9進法でやると、全てが調和するっていうことで。一目瞭然なんです。

実は、古神道やカタカムナのもとがこれなんですね。フラワー・オブ・ライフもそう

禱 古神道「カムナガラの道」

0	0	0	0	0	0	0	0	0	0
0	1	2	3	4	5	6	7	8	0
0	2	4	6	8	1	3	5	7	0
0	3	6	0	3	6	0	3	6	0
0	4	8	3	7	2	6	1	5	0
0	5	1	6	2	7	3	8	4	0
0	6	3	0	6	3	0	6	3	0
0	7	5	3	1	8	6	4	2	0
0	8	7	6	5	4	3	2	1	0
0	0	0	0	0	0	0	0	0	0

(9＝0)

すべての合計

8＋1＋3＋3＋6＋0＋7＋2＋6

＝36→3＋6＝9＝0

一段目横　合計 8＋1＋3＝12→1＋２＝3

二段目横　合計 3＋6＋0＝9＝0

三段目横　合計 7＋2＋6＝15→1＋5＝6

縦の３つの数字もそれぞれ、3、6、９のどれかとなる

カムナガラの道：３マス×3マスの計算方式説明図

だっていうことでピンときたんですけれども。

これが、神の数学の魔法陣なんですけれど。これ10かける10なんです。一番外周は全部0ですよね。0が実は完全調和の神の数なんです。1つだけ決まり事があって、9イコール0なんです。1行目は全部0ですね。上の1行目。次の1行目は0から始まって1ずつ増えるわけです。

1、2、3、4、5、6、7、8。8たす1は9。9イコール0なので0ってなっていますよね。その次は0、2と2ずつ増えます。2、4、6、8。8たす2は10になるんですけれど、10は1、0として1になります。1、3、5、7。7たす2は9。9イコール0。だからこうなるんですよね。3行目っていうか上から4行目ですけ

れど、０、３、６。３ずつ増えていますね。６たす３は９。イコール０。３、６、０、３、６、０と。これみろくの列。次は４ずつ増えるんですけれど０、４、８。８たす４は12。１、２だから、１たす２で３。３たす４は７。７たす４は11で１、１だから２。２たす４は６、６たす４は10で１、０だから１。１たす４は５。５たす４は９イコール０と。そうなっているわけですね。このようにつくったものが、例えばここから３かける３の９マスをどことっても０になります。例えば、この角の３かける３とりますよね。（注　説明図参照）そうするとここはもともと０ですから、３、６、９になりますよね。９イコール０だから、どこをとっても０になります。また、これは10かける10で例えば半分に折ることができるんですけれど、半分に折ったときに、このぶつかる数が全部０になります。

船瀬　４と６と８足して、全部これ９だから０になるんですね。

７と２、３と６、そうですね。

秋山　縦においてもそう。横に今度こう折っても全部０なんです。この外周を全部足すと０ですね。その次の正方形の外周。これ足すと実は１４４になるんですけれど、１たす４たす４は９イコール０。その次の小さいのは72になるんですけれどね。７たす２は９イコール０みたいな。佐藤先生は、これをもとに一霊四魂の意味も出ているとかね。全部読み解かれているんですよ。

船瀬　これはなんらかの宇宙法則を表してるの？

秋山　そうです。まさに宇宙法則そのもの。これをもとに、古神道とか日月神示とかみんな読み解けるじゃないですか、カタカナで。神の数学でインターネットで調べれば、事細かく説明されています。すごい量です。

船瀬　神の数学。タイトルがいいよな。

秋山　はい。宇宙の数学と言ってもいいですけれどね。私は佐藤先生に、２０１８年2月14日に会ったわけです。磯さんと井上さんから、このフラワー・オブ・ライフについて言われたのが4月。

以前から、磯さんには会いたいと言われていたんだけれど、まだ準備ができてないからって断ったんですよ。というか、返事しなかった。

ところが7月のタイミングで、不思議な流れがあったんですけれど、向こうは私に真理を示したかったんですよね。この立体のフラワー・オブ・ライフという。

こっちはこっちで神の数学に出会っていたので、いっせのせで見せ合ってね。

そのとき、直感的に、これは同じものだって気づいたんですよ。神の創造っていうのは完璧なんですね。完璧だからこそ60兆の細胞が集まって、1つの動きができたりするわけですよ。1つ1つの細胞の積み上げで、積み木に齟齬《そご》があったら倒れちゃう。積み上げれば積み上げるほどね。

船瀬 それは人類では絶対に無理。まさに神のなせる技……神技なのです。

秋山 これ、綿棒やっていればわかるんです。綿棒アートは、はじめは小さいんですが、そこに歪みがあると、大きくしていくうちにどんどん歪みがひどくなって綿棒が入らなくなったり、広がりすぎたり、詰まっちゃったりね。

それがどんなに積み上げても調和するというのは、曖昧な世界では無理なんですね。

言葉を使うと、曖昧な世界しか表現できないんですよ。結局、かっちりやろうと思ったら、数学なんですよね。幾何学も数学なんです。三角形は三角形でしかない。四角形は四角形でしかない。四角っぽい三角とかないわけですよ。3とか4も、3は3で4は4であり、4っぽい3とかないわけですよね。

実はこれ循環になっていて、0、1、2、3、4、5、6、7、8で、8の次が0に戻る。禅の思想なんですよね。0イコール9、9イコール0。ここは神の調和であって、陰と陽が統合されている形でもある。

でも、この統合の形から光と闇に分かれる形として、1と8に分かれるやり方と、2と7に分かれるやり方。3と6に分かれるやり方、4と5に分かれるやり方があります。これは、光と闇の分かれ方のバランスなんですよね。

船瀬　数学は神（宇宙）の意志に近づくわけですね。

秋山　10進法にしちゃうと、要は丸くおさまらないわけです。ひたすら伸びていくから、終わりのない形、調和のない形になっちゃうんです。

クルクル回る循環の中で、8っていうのは、現象世界が一番極まった形なんです。極まりきると0に戻るっていうところでバランスが取れていて。この下が、実は死後の世界。地底界と言ってもいいし、上を天上界と言ってもいいんですが。

例えば、死後の世界があって、こっちの世界があるというのも、表裏一体なんですよ。もともとビックバンの前は、0だったわけです。爆発して、光ができたから闇も同じ分できているはずなんです。

光がいいとか闇が悪いとかじゃなく、究極的にはバランスしているんですけれど、そのバランスの取り方でいろんなものが事象として表れてきているということ。

簡単にいうと、山田征さんの本で、はじめはルシエルが闇のサタンとして語っているんですけれど、そのうちに1つの創造神として語るようになるんですよ。光という広がる力、闇という縮まる力。その2つの力のバランスで全てが創造されていると。

船瀬　光と闇があって、初めて宇宙の実在なんだな……。

波動で本質を見抜く

秋山　例えばこの地上では、縮まる力がないと物質化できないわけです。物質化できないと、物質を通した体験ができないわけですね。肉体を通した体験ができないわけ。

波動は広がっていく性質を持っている。光も広がっていく。情報も広がりますよね。でも、ものは縮まるんですよ。その光と闇のバランス、陰と陽のバランスでいろんなことが起きてきたっていうことでもあるんです。

船瀬　宗教も科学も数学も、全ては完全に重なっているわけだね。

秋山　そうですね。『ガラスの仮面』で有名な美内すずえ先生の、『アマテラス』（白泉社）っていう漫画があるんですけれど、その中に波動について解説する一節がありましてね。すごいんですよ。まさに、波動物理学の最先端をいっている内容なんですよ。

船瀬　へえー。

秋山　船瀬先生だったら全部ピンとくるので、ちょっと読んでみますね。主人公である沙耶が、地球人の魂の祖先の声を聞くというくだりです。

地球人の魂の祖先の声「すべて波動なのです
波動が〝映像〟化することもあれば〝音楽〟となることもあって　この音楽はまた新たなものを産みだす力をもつのです
物質化することもわれわれには可能です
いいですか『音』と思われるものの波動が『物』をつくることも可能なのです
物質を産みだすこともするのです
地球も天体も宇宙も　もとはその波動の働きによって産みだされました
それを統治するものが生まれ　その原始物質の中に『力』が固まり神と呼ばれる非常に単純な力のエネルギーが生まれ
さらに強大に陣と渦は拡がっていったのです
『波』といいましたが波動と波長が合わせることができれば　多次元　別の世界のものなど

実に多くのものが存在することをあなた方は知るでしょう
地球は一定の時間の流れの中で存在していると考えがちですがちがいます
時間は常に一定ではなくまた連続しているものでもないのです
それらはあなた方のつくりあげた認識の中に存在しているにすぎないのです
1日は24時間といいますが等しく24時間ではないのです
時代によってもちがうのです
これらは地球を離れないとわからないことで　また地球の回転もいつも正しいとはかぎらないのです
『時間』はあなた方が考えるよりもっと不確かなものです
『次元』の存在が解明されるともっと理解できるようになるでしょう
波動が中心の世界では時間にこだわることはなくなるでしょう
肉体の『生』や『死』がただの変化であることが理解されるようになるでしょう」
沙耶「『波動』に『次元』…　生や死がただの変化…」
地球人の魂の祖先の声「『音』はたいへん重要なものです
その本質は『光』と同一のものと覚えてください

『音』と『光』は同じものです」

沙耶「音と光が同じもの？」

地球人の魂の祖先の声「あなた方が耳で聞く『音』というものと少しちがうので　そのつもりでいてください

『音』は波動です

物にはすべて波動がありそれらは生命の証であり『光』でもあるのです

オーラというものがありますね　オーラはその人の身体から発散している『光』であり　また振動数をもつ『音』の波なのです

波動とは『光』のバイブレーション『音の光』であり　生命波動と覚えていてください

また『石』の波動はたいへんなものがあります　石の個性　断面によっても波動の振動数がちがってきます

新たな生命物理に気づいてください　今の人類は早く波動生理学　波動物理学というものに気づくべきなのです

波動でものの本質を見抜くことがたいせつなのです

波動の組み合わせで空間移動が可能になります

大きな機械は必要ありません
古代の人々はこれらのことに気づいておりずいぶん利用していました
あなた方も今にこれらのことに気づいてくるでしょう
『石』の波動はとてもたいせつです
石のオーラに早く気づいてください
振動数の異なるさまざまな『石』の生命に気づいてください
『石』は『光』をもっています
山に神が下りる　存在するというのもそういうことなのです
石の配置　非常に大事です
周波数の異なる『石』の並べ方によって　波動の産みだすエネルギーの変化があり　それによって物質の転換　促進　生命体の変化などが可能になります
そればかりなく地上の『気』の流れを変化させることもあり生命体にとって非常に重要なものとなります
周波数のことなる『石』が集められない場合はさまざまな断面をもつ『石』を集めてその代わりに利用することになります

『石』の周波数　波動の組み替えにより生命の振動数も変化させうるわけで　そのため世の中のすべてに変化と影響を与えます

また『石』と『水』は同じものです

変化したものではありません

ただ『水』の波動が非常に安定したものであるのに対し『石』の波動はさまざまに変化します

健康のため水を飲むのがよいというのは一定の安定した波動を取りこむからなのです

『神水』というのはそういうことです

なぜ『水』がたいせつかといいますと　『水』は『音』の源から発しているからです

『音』が物質化したもっとも原始的な姿だと思ってください

『音』は『光』であり『水』であるのです

これらは1本の螺旋でつながっています

たえず振動しあい共鳴しあって生命に影響を与えています

生命そのものといっても過言ではありません

そのため『音』を統べるもの『光』を統べるもの『水』を統べるものが神の中心となってき

ました

宇宙の生命はそれを基本としてきました

頭で考えないでください

感覚でとらえてください

すべてが神の波動と考えてさしつかえありません

『水』と『石』と『音』と『光』

これからの科学はよりいっそう波動の働きに注目していくことになるでしょう

すべての生命体が周波数をもつのだということに　ぜひ気づいてもらいたいのです

その周波数を調べることによって地球の科学　医学　物理学はよりいっそう発展したものになるでしょう

UFOが生命体というのも　そこからきているのです

地球では様々なUFOはとりざたされていますが　もっとも高度な次元からやってくるものは神の生命体といってもよいほどです

それほど高い周波数をもっているのです

周波数を合わせることができれば一瞬にして移動することが可能です

思うだけで瞬間移動することがあるのです
聖地や神の場というのも高い周波数の波動をもちます
聖地などにUFOが多く現れるというのもそこからきています
聖地や数の場はかつてはもっとちがったところでした
エネルギー磁場のコントロール調整所といえば説明になるでしょうか?
大地のエネルギーをすべての生命系にとってよく働くために調整をするところであり　そこに『神』という存在の意思が働いたのです
宇宙からのエネルギーを動かす働きと空間内物質　円空間の移動を自由にコントロールする場所で　その働きはほんとうに大事なことなのです
地球の生命のコントロールといってもさしつかえないほどです
地球自体も1個の生命体であり　そのエネルギー生命魂《せいめいこん》というのは　たいへんな力をもっているのですが　そこに棲む生命体にとっては調整が必要なわけでうまく調和バランスをとらないと異常な生命物質ができてしまうのです
地域により生物がちがうのもそのためです
気候の変化などというのもありますが多くは地球の生命エネルギーの働きの変化　大小にか

かっています
それを正しくしてやらないと生命系は狂います
『神』というエネルギーの種類は数多くあり相容れない場合もあって　このとき生命系のバランスは狂います
ようするに調和できないといいますか　絶滅か異質なものの生命体に変化するのです
かつて恐竜の時代がそうでした
1億1千万年以上昔　やはり変動の時代でした　恐竜の絶滅に関する大破壊がおこりつつあった頃です
そのころの種といいますか動植物の生態系はひとつの輪の連なりの延長線上にあり　失敗した物質が生命をもって生きていた時代でした
生命の登場といいますか種の新しいものの成長には宇宙の働きがいつも関与しているのですが失敗もありえるのです
『輪』の転換がうまくいかなかったのです
当時　空間内物質の取りだしが可能だったころで　地球はそのため大きく変化しました
今までになかったものが次々と取りだされ変化改新され増えていったのです

そのような生命エネルギーの場が日本には数多くあります
正常に働いていない場所も多くあるので　そこが正常に働くよう魂の力を貸さねばなりません
ですから　その魂が大きな働きができないとあやまったことになり　また悪想念があるとエネルギーはかたより悪い方向へと動きます
聖地や神の場というのは本来はそういうものなのです
『神開き』というのはエネルギーを正しく調整　本来の働きを活発にすることにあります
エネルギーにも意思はありますから　願い祈ることが必要になってくるのです
ですから平和の祈りが大事なのです
日本の中でまだまだ大事な場所がいっぱいあります　その地のエネルギーの調節もしていかなければなりません
宇宙からくる高意識エネルギーと　どううまく調合させるかが大事なのです
南北アメリカ　ヨーロッパや中国　海洋を含めエネルギーポイントは多数ありますが　南極は無数にあり　今は作動が停止していますが　開けばもっと生命エネルギーが活発になり地球が活況をみせることでしょう
ここはもう少し先で開いてくることになります

また南極は将来　大陸としてたいへん重要な地となるでしょう
それらのエネルギーポイントを開くということは地球自体がもうひとつの次元に移るということでたいへん重要です
次元移動の摩擦があると思ってください
敵との乱もそのためのものと思ってください」
沙耶「地球が次元移動…!?」
地球人の魂の祖先の声「人類は変わります
われわれのように粒子が速くなります
完全にそうなるわけではありませんが少なくとも今まで よりはずっと粒子の速い生命体になるはずです　意識は変わります
すべてが今までとはちがい超意識といいますか現在意識で考えることはしなくなります
ですから政治・経済など今までの常識がくつがえされるのです
宗教と化学　芸術・文化はきりはなせないものとなり　ひとつに統合されるでしょう
政治・経済の根本中枢は価値観の転換によりいままでとまったくちがうシステムをとるようになるでしょう

これにより　やがて貨幣経済というものが通用しなくなります

貧富の差というものはありません

物質的な富というものに価値観の重要性をみいだせないのでそのことによる争いというものがないのです

さまざまなエネルギーが発見され　科学とともに医学が飛躍的に発展し人類の変化を加速させるでしょう

老化や寿命などは意識的にコントロールできるようになりますがそれすら必要としないほど人類は進化します

次元移動ののちには神の意識をもち進化した人類によって　大いなる調和を基とした輝かしい世界が築かれるでしょう

今の地球は古い次元から新しい次元へのちょうど移行期にあたり　人類の今までのすべてのカルマがいっきに噴出して　やがて精算されようとしています

次元移動の前にはかならずおこることで　今の人類はその大変化を通過しなければなりません

これより世界的な規模で変動があり地球と人類のわかれ目というべきときが訪れます

このときどちらへ進むのかは人類の選択にかかっています
一日も早い魂の目覚めと開きが肝心です
急ぎなさい！
日本は大きな使命があり『竜の背骨』というのは嘘ではありません
日の本は霊《ヒ》の元で日本には数多くの宇宙神界ともつながる神界があり地球自体の霊的エネルギーを調整しています
世界各地の生命エネルギー　超意識といったものが正常に働きだすと地球の次元移動が可能になります
そのためには日本の果たす役割は大きいのです
成功できるかどうかはあなた方にかかっています
あなた方の目には映らなくても
いつでもわたしたちが見守っていることを忘れないでください」

船瀬　すごいね。哲学者じゃん……。

秋山　そうなんです。

過去、現在、未来は、同時に存在する

船瀬　同じことを言っているのが、ドイツの量子力学の父のマックス・プランクです。マックス・プランクは１９４０年代に、「全ての存在は波動である」「その影響と結果である」、そして「物質は存在しない」と言っているんです。量子力学で、同じこと言っている。「物質は存在しない」と断言しているのが、衝撃的です。

秋山　同じことですね。美内すずえ先生、すごいです。

船瀬　もう。物理学じゃない、哲学……。

秋山　漫画っていうことで、こういうのが出せたわけです。

船瀬　すごいね。量子力学の最先端の学者が言っていることと同じ。

秋山　これ、何年も前の本ですよ。20年ぐらい前かな。私の今年の10月５日の誕生日は、美内すずえさんがオーナーの吉祥寺のお店でやってもらったんです。ピンクレディーのミーさんも来てくれました。

船瀬　般若心経の色即是空、空即是色もそうです。

結局、古代神道とか古代哲学は、最先端の量子力学と完全にシンクロしているんです

よ。

ロバート・ベッカー博士（ニューヨーク州立大学医学部教授）も同じこと言っていたな。

ベッカーは、「結局文明は連環する」、「古代に戻る」と言っている。まだ先史時代で文章も文字も知らなかった古代人は、目の前の空間に目に見えない力が存在し、宇宙も自分たちの生命も、その力によって営まれているということを信じ、それを畏れ敬った。現代人は、それ迷信だって嘲笑《あざわら》った。

ところが、古代人は正しかった。なぜならば、目の前の空間にはまさに見えない力、フィールド（場）が存在する。そこにあるのは3つの「場」、電場、磁場、重力場のフィールドは存在する。だから、古代人は正しく、それを嘲笑った現代人は愚かであったと書いていますよ。

秋山　その領域のフィールドの調整や、形によってエネルギー場が変わってくるわけですよ。逆に、その形を私たちがつくり出すということを意識的にすると、実はエネルギー場をコントロールできるということになってくるわけですよ。

船瀬　物体として目の前に現れるっていうのは脅威だね。

秋山　はい。そうなんです。葦原瑞穂先生が磯さんに、君は2年後に黄金の鍵に出会うよって言われていた。ところが、2年経たないうちに天に召されちゃったんですね。

磯さんはいつ出会うんだろうかと思っていたらトッチさんに会って、神聖幾何学を綿棒でつくるようになった。誰でもチャンスがあるでしょ。綿棒って安いから。

船瀬　この綿棒細工は、僕は本当に驚きでしたね。

秋山　本当に、船瀬先生の本質を見抜く力はすごいです。本当に頭いいですよね。

船瀬　そうですか。顔はオッカナイけど（笑）。

秋山　うん。頭がいいのに、さらにすごい勉強もされているじゃないですか。しかも、普通の人はいくら読んだってわからないものを、それこそ発案した人よりもちゃんと理解している世界。

船瀬　あら、そう？

秋山　その現場にいる人より現場らしく話すという。

船瀬　それはもう、ミスターしゃべくりマンですから（笑）。

秋山　頭の中で、映像で見て話していますよね。

船瀬　そうそうそう。映像が浮かぶね。音もね。

秋山　すごくわかるんですよ。船瀬先生の話を聞いていると映像が見える。それで、この方、映像を言葉に置き換えているなっていう。

私も例えばパレスチナ、イスラエル巡ったときに、イエスが生まれたベツレヘムに行ったんですけれどね。そこで映像を見せられるんですよ、ここでイエスが寝かされてましたって。錯覚かもしれませんよ。そんなの検証しようがないから。

そこにキリスト教の聖書を40年も研究した人が来て、では、イエスが処刑されたときの様子はどうでしたかっていう質問をされて、初めて意識を向けるわけですよ。

船瀬　意識が時空間を超えて飛ぶんだな。

秋山　そうすると、その場所へもう行っているんです、ゴルゴダの丘へ。行く前から映像は見えていましたけど、より鮮明になった感じでした。

それで、こうこうこうでしたよって言うと、目を輝かせて、面白いって言うんですよよ。でも、聖書と違うところがあると。そうやって逆に教えてもらうと、聖書のどこが違うのかわかったんです。私は聖書を読んだことがないから。私、活字が小さい本が苦手でね。

船瀬　映像で入るんですよね。

過去、現在、未来っていうのは、同時に存在するっていう。僕の友達で飛沢誠一《とびさわ》さんっていう、霊を見てきた方がいます。トビさんは親しい友達で、コニカミノルタの工学博士で、工場長もやっていたし、取締役までやっていた。

ものすごい工学畑の人ですよね。生粋の理科系ですよ。

彼が、ある日突然、霊が見えるようになったんです。それで、「なんだ、こいつら」って思ったんだって。目障りな奴が現れるなと思って。

あとで誰かに話したら、「トビさん、それ霊だよ」って。それから、過去が見えたり未来が見えたりするようになってね。東京直下型地震の直後を見てきたと言う。

「いやぁ、ひどかったですよ」って言うんだよね。

その直後、横浜に行ったんだって。「どうだった?」って聞くと、「いやね、地震がきたあと、何10秒か1分か2分か、静まり返ってんですよ。それから家からぞろぞろと人が出てくるんだ。そして道路はあっという間に1センチも動けないくらい人であふれて、それでみんながぞろぞろ動き始めて。車なんか動けない。

もっと早く移動しようとする人は他人の家の中に入っていって、窓を壊して、壁壊して、それで移動し始めるんですよ。そのうちに、押されて押されて勝手に人の波が動いて動いて。そしたら断層に亀裂が走って。何メートル、何十メートル。そこから落ちる。やめろ、押すな押すなって言っても押されて、わーって落ちていく」……。それで、ハッと現在に戻ったんですって。

秋山　まさに地獄絵図ですね。

船瀬　「いやぁ、あれはきつかった」とか言うんだ。「そんなにひどかった？」って聞くと、「いやぁ、あそこには行くもんじゃない」って言うんだよ。もう、落語みたいな。

秋山　トビさん面白い。

船瀬　過去に行ったり未来に行ったりする。それで東日本大震災のあと現場に行ったらしいのね。それで、もう船瀬さん、あそこは駄目だ。霊だらけで。浮遊霊がもうすごかったとか、普通に言うんですよ。この人、冗談言う人じゃないの。本当、真面目な人なんだけれどね。

秋山　わかります。浦島太郎っていうのは実は非常に科学的な話なんですよ。実は周波数によってエネルギー場が変わって、時間空間も場所空間も変わるんです。浦島太郎が亀さんを助けて、それでお礼にって竜宮城に連れて行かれるでしょ。竜宮城ではひたすら楽しく過ごすわけですよ、まさに夢の世界で。楽しく過ごしているときっていうのは、時間を忘れるんですよ。

船瀬　そうそう……。

秋山　軽い周波数っていうか、そこの時間の流れをあまり感じないわけです。

そろそろじゃあまた地上に帰ろうかと玉手箱をもらって戻りますよね。開けるなよっていうのは開けろって言っているのと同じなんですけれど、地上に戻ってきたらそんなに長くいたつもりはないのに、その世界は……。

船瀬　そうそう。時間の相対性を描いているんですよ。

秋山　そう。何十年も経っちゃっているわけでしょ。おじいさんになって、亡くなっている仲間もいると。

船瀬　あれは、奥が深いよね。

秋山　そう。なんで自分だけ若いのか、という。

でも、玉手箱を開けたら自分も年を取るという話ですよね。本当に、周波数によって時間の進み方が違うって、さっきの話と同じですね。

船瀬　物理学者が最も本気で研究したのは、時間なんだよ。

光の画家、Chie さん

秋山　もうそれこそ、極光の Chie さんと、私も今生で出会えるようになったじゃないですか。実は、私の魂の救済をしてくれたのは、彼女の絵であり、彼女の存在なんですよ。闇の中にいると一点の光が目印になるんですよね。目立つんです。Chie さんのように、人としてあるべき姿がその光であり、それを目指してね。

そういう意味では、魂の恩人みたいな方なんですけれど、2月4日が彼女の誕生日ですから、誕生日プレゼントをどうしようかな、と思っていたんです。

彼女は素晴らしい音楽家なんですが、その1月に作曲が終わったところでしたので、車を手放したって言ってたから、ドライブに誘ったらどうかなと思って。東京からアクアライン通って、海ほたるに寄って、木更津のほうに行こうと思ったんです。

船瀬　いいプランです。

秋山　彼女を東京でピックアップして走り出したら、まず iPhone のナビが2台体制でやっていたのに、反応を示す丸い矢印がぐるぐる回って言うこと聞かないんです。普段、私にはけっこう、機械は言うこと聞くんですよ。悪魔系だからもともと。少し無理でも言うこと聞かせる。ところが、Chieさんの光の大天使系のエネルギーにはかなわないわけです。ぐるぐるしちゃって。

船瀬　光と闇が出会っちゃった。

秋山　そう。彼女のほうが一枚も二枚も上手《うわて》なんですよ。それで思い通りにならない。だから、なかなか高速道路にも入れなかったんですがね、やっと入れて、これで木更津方面に走っていけると思った瞬間ですよ。情景がぴゅんっと変わって。

船瀬　ワープ（空間移動）したの？

秋山　はい。東京方面に走っていたんです。あれ？　逆に走ってるんだけれど、みたいな。

船瀬　時間が飛んだんじゃない？　ワープしたのかな。

秋山　ワープした。Chieさんは実は、よく山手線乗ったら有楽町線にいたとか、丸ノ内線乗ったら山手線にいたとかけっこうあるというのは聞いていたんです。あと、散歩しているワンちゃんが、自分の家のフェンスをすり抜けるっていうのは3度あったと。

自分は脳の病気かと思って脳ドックに行ったけれど、何の異常もなかったとかって。

彼女の場合は、小さい頃からそれが当たり前だったんだけど、言っても誰も信じてくれないから自分の中にとどめるようになったそうです。海外の初めて行くところでも、夜、バーに行くとね、バーテンダーさんに1週間ぶりですねとか言われて。1週間前なんて来てませんけれど、いや、来てました、たぶん似ている人だと思います、いや、あなたです、とかね。光の画家、ということがよくわかるエピソードがたくさんある。

船瀬 じゃあ、瞬間移動とかワープとか。本人も気づかないうちに〝飛んでる〟んだ。

秋山 時間とかも。

船瀬 時間も錯綜している。

秋山 その話は聞いていましたが、他人事と思っていたんです。でもそのときは、こっちもそれに巻き込まれてね。実際自分が体験しちゃったから、ぐうの音も出なかった。でもなんとかつけたんですよ、海ほたるに。それで1日楽しく過ごしてお祝いもできて、家に送っていきました。

Chieさんは、ワンちゃんを飼っていてね。もともと施設にいて、病気だったんですが。彼女が引きとってきてケアしてあげて、私もホメオパシーのレメディを選んであげたりとか、ちょっとサポートしたんです。今、すっかり元気になったから、そのワンちゃん、ロアちゃんに会っていって、なんて言って、玄関のところまでロアちゃんを連れてきてくれました。ロアちゃんはすごい元気で私も喜んだんですけれど、そこから中の部屋の様子が見えたんですよ。そしたら、光り輝いていて。光の神殿だったわけです。

船瀬　異空間というか、次元を超えた……。

秋山　そう、それこそ映画の中で、なんかこう……。

船瀬　照明がききすぎていて、真っ白で見えないような？

秋山　白色で。黄金よりも白色な……。

船瀬　ホワイトアウトみたいな。

秋山　そう。正直ショックでした。そんな世界があるのかっていうショックでびびっちゃって。

「お茶でもどうですか？」って言われたんですけれど、「もうけっこうです」って。

船瀬　入ったら異次元に行っちゃいそうだな。

秋山　「いえいえ～」って、逃げるように帰ったわけです。しばらくショックでした。

船瀬　次元を超えるのかな。

秋山　こっちは極闇スタートで、闇の世界は一通り見ていますからね。ネガポジ反転っていう技があるんですよ。推測するんです。極闇がこれくらいだから、極光はネガポジ反転させればこういう世界だろうな、と想像力を働かせる。例えば闇の世界では、力でねじ伏せるのが美徳、頭の知恵を使って相手を騙すのが美徳だとなっているわけですね。

船瀬　悪魔《あくま》教ルシファーの理論だね。

秋山　はい。それを光の世界に来て、郷に従えだと思ったら、力でねじ伏せるんじゃなく愛をもって、優しさでもって、ということなんですよね。

知恵で相手を騙して奪いとるんじゃなくて、知恵を使って相手を喜ばせるのがこっちの流儀かなって推測できるんです。

船瀬　北風と太陽だ。

秋山　光のふりをして過ごすことができるわけですよ。でも、経験に基づいた光じゃないんですね。板についてない。

でもChieさんの世界、彼女がいつも住んでいる世界は、本当に板についた光の世界だったわけですよ。こっちは体験がないから、正直びびってしばらくの間、ショックだったんですけれど、まだ知らぬ境地があったかっていう喜びもあったんです。嬉しくなって。

船瀬　光の空間があったわけだ。

秋山　そう。この光の境地を知ってみたい、という好奇心ですね。今度会うときには、少しでもChieさんの境地をより知りたい、みたいなそんな感じ。
船瀬　光も生かされているんだね。まさにヨガで、人は光によって生きるっていうね。これから宇宙論も時間論も大変なことになりますよ。

物質は波動の流動化

船瀬　例えばね、映画で『フィラデルフィア・エクスペリメント』ってあるでしょ。あれはニコラ・テスラがコイルを使うことによって空間を歪めて、軍艦を瞬間移動させて消滅させるという実験だったんです。
秋山　左回りの電磁場と右回りの電磁場を衝突させて、時空に穴を開けるのでしたね。
船瀬　突然その軍艦が消えて、少し離れた場所にまた現れるわけですよ。それで研究者がその軍艦に乗り込んだら、軍艦に人間がめり込んでいるんです。
秋山　機械と人体が溶け合っちゃって、むごたらしい。
船瀬　鉄のところから首から上だけ出ていて。「助けてくれ!」って。それは要するに、次元と次元が、空間と空間が融合しちゃったということ。だから人間と戦艦が合体しちゃって、この世のものとは思えない。
秋山　ニコラ・テスラ自身は反対したらしいですけどね。人を乗せてそんなことやるなって。
船瀬　その実験は封印されたんですけれどね。
秋山　悪魔の実験と言われていますね。
船瀬　そう。悪魔の実験。映画にもなっていますが実話です。
　私もなんで物理に関心持ったかっていうと、原子の構造を書いている本を読んで頭クラクラしちゃったの。水素の原子は、原子核をフットボールの大きさだとすると、それを東京駅に置いたら、電子はパチンコ玉の大きさで、藤沢あたりを回っているっていうんです。ちょっと待てよと。東京駅にフットボールがあって、藤沢あたりでパチンコ玉が動いているって、じゃあその間に何もないの？　と思ったら、頭おかしくなりそうになっちゃって。
秋山　隙間だらけ。
船瀬　スカスカじゃんと。じゃあ逆に、「隙間に別の宇宙があるんじゃないか」。そこにいる人たちは、このフットボールとかパチンコなんて永遠に気がつかないだろうと。

頭おかしくなりそうだから、それ以来、考えるの止めちゃった。

結局、我々ってスカスカなんだと。その空間に、別の宇宙があったっておかしくないわけです。

秋山　そのスカスカっていうのを、波動といってもいいんです。物質は波動の流動化っていうんです。

船瀬　そうそう。だから、物質は存在しないって言っていますからね。

電子っていうのはスピン。場がスピン、回転しているにすぎない。

例えば、陰電子は右回転していて、陽電子は左回転している。陰物質と陽物質という反物質が出会うと消滅するんですよ。無になる。右巻きの渦と左巻きの渦が水面で出会ったら消えるでしょ。それと同じことなんですよ。

秋山　コイルも、右回りの電磁場、左回りの電磁場をやっていますね。

船瀬　そう、コイルも自分でその場をつくり出しているわけです。あれをやると、物が突然浮かび上がる。

秋山　重量も反重力に。

船瀬　ハチソン効果って言われます。特別なコイルでは、その間の重力場が打ち消されるんですね。同じことは、ＩＨ調理器でも起こりますよ。やっぱりあれも、ＩＨ調理器のつまみを強にすると、鍋がふわーっと動き始めます。電磁ですからね。

それは結局、テスラ・コイルと同じ原理なんですが、こういうことは一切言ってはいけない、書いちゃいけない。

僕は今度、月刊『フナイ』に、「創生水、水が燃える」ってさんざん書きましたけれど。

秋山　ブラウンガスもね。

船瀬　そうそう。ブラウンガス、そのあと、オオマサガスもみんな同じアプローチです。

秋山　同時発生的にね。例えば、水の発電とかもいろんなところでやっていますね。

船瀬　それで何人も殺されているんだけれどね。創生水を開発された深井さんね、この前、上田に船瀬塾の仲間と行って、ミニ講義を聞いたんだけれど、深井さんが根性座っているなと思うのは、水が燃えることを証明したところなんです。

例えば重油、ガソリン、軽油の中に創生水を50パーセント入れると、１００パーセントの燃焼効果が出るんです。

それで全日空ホテルで、大々的に公開実験とシンポジウムやる計画を進めていたら、仲間の１人が玄関を出たところで、３人組の男に取り囲まれて、めった突きに刺し殺された。

秋山　怖い。最近なんですか？

船瀬　いや、だいぶ前。デイヴィッド・ロックフェラーが死ぬ前。

秋山　それは、ガソリンいらなくなっちゃうから。

船瀬　そうそう。水を油に変える技術を提唱された倉田大嗣さんだって行方不明でしょ。僕も電話で話して、本まで送ってもらったのに。

秋山　そうなんですか。

船瀬　あれから行方不明なんですよ。だから殺されているんじゃないかって心配ですよ。

秋山　そうですか。

船瀬　水で走る車の開発者、スタンリー・マイヤーも毒殺された。全部裏で動いたのはデイヴィッド・ロックフェラーですよ。

でもデイヴィッドが死んだから、もう大丈夫だろうと僕は思っている。

なぜなら、2年ぐらい前に、アメリカ原子力潜水艦の推進は原子力だけれど、艦内で使うエネルギーは全部水を燃やしていると、ちらっと発表していた。

そしてデイヴィッド死んだでしょ。だから、この燃える水のタブーはもう大丈夫。

それで、サウジアラビアは政変が起こったんですよ。ドバイもそうです。石油がただの泥水になる時代が目の前ですよ。

秋山　この間も、替わるものを探しに日本にも来ていた。

船瀬　「水が燃える」っていうのは、結局、波動なんですよね。そういう磁気波動エネルギーを水クラスターに与えると、水の分子が104度の角度が動いて、HとOHになる。「水が燃える」と、言ってますが、正確には〃水素…H〃が燃える。

これまで、水H_2Oを水素と酸素に分けるのは、電気分解しか知られていなかった。しかし、本当は、それより極めて低エネルギーで、分解する。それが磁気波動です。特定の磁気波動を水に与える。すると、簡単に〃H〃と〃O〃に分離する。

仮に、この分離エネルギーを1とする。そして、分解した水素を燃やして10のエネルギーが発生したとする。すると、10マイナス1で9のエネルギーを得ることができる。

これが、〃水が燃える〃原理です。こんな、簡単な真実が、なぜ隠されてきたか？

〃石油王〃がCIAやFBIなどを使って、情報を探り、闇で脅迫したり殺害してきたからです。魔王（デイヴィッド）亡き後、そんな荒療治はもはや無理でしょう。

秋山　そうそう。H_2O形じゃなくて、原子水素ガスみたいな。HHみたいな。

船瀬　そうそうそう。H_3O_3とかね。

秋山　そうそう。

船瀬　エマルジョン型の、燃える分子になっちゃって。

秋山　わずかなエネルギーをかけるだけで、もう燃えるんです。

船瀬　共鳴ですよね。共鳴によって、水の分子が分離して燃えるわけです。

秋山　入力より出力が大きくなればフリーエネルギーですから。

　そこで、共鳴の増幅を使うという。

船瀬　そういうこと。それで大体入力の4倍、5倍、10倍のエネルギーがとれるわけ。

秋山　２０１２年地球サミットに参加したときに、もうブラジルの大学が水素でバス走らせていたんです。あそこは昔からとうもろこしのバイオ燃料でって、石油に屈していないところもあったじゃないですか。

船瀬　だから僕は『魔王、死す！』（ビジネス社）で、これで新しい時代が始まったって書いたけれど、その通りに動き始めている。

秋山　そうですね。まさに狭間のところでね。

船瀬　もう殺されることはないだろうと。

秋山　本当にね。船瀬先生のおかげも大きいですよ。

船瀬　僕は、「水が燃える」って2回、雑誌の連載に書いたのね。そうしたら、ある人が、先生、水が燃えるなんていうのは口に出したり証明したり書いたりしたら必ず殺されますよって言うんです。おい早く言ってよ、俺、2回書いちゃったじゃねぇか、この野郎って。先生、もう書いちゃったんですか？　早いですよ～なんてもうコントで。

数が宇宙の原理を司っている

秋山　水っていう字には火が入っているんです、形的に。

船瀬　なるほどな。漢字にはいろんな意味が込められていますからね。

秋山　神聖幾何学的には、五角形が入り出すと水が出てくるんだけれど、正三角形という火のエレメント、これが5つ揃うと五角形ができてくるんですよね。

船瀬　数字は全部、結晶体からきているけれどね。

秋山　そうです。

船瀬　1つのエネルギーの基本原理は単純な数が……。

秋山　単純な数です。

船瀬　数が全部、宇宙の原理を司っている。

秋山　はい。私も五角形ベースの綿棒アートをつくりたいと思って。五角形ってやっぱり弱いんですよ。この五角形をどう支えたらいいかと考えたときに、やっぱり三角形で支えるのがいいだろう、片側三角形だけでも強くなるけれど、両側に使ったらどうかって思ったわけです。両側に五角形を支える三角形をつくって。

船瀬　三角って、最も強い構造体ですから。

秋山　そうなんです。三つ巴なんです。これをベースに立体をつくろうと思ってね。5個つくって並べたら、星型できれいなのができたな。真ん中もう1つあったらいいなと思って6個つくったらちょっと丸みができて、やったと思ったんですよ。

船瀬　波動でもね、増川いづみ先生が提唱される、波動で生命体が形成されるというお話。あの波動だと、五角形がヒトデの形になるんですよ。

秋山　波動とアンモナイトとか、三葉虫とか。

船瀬　あと甲羅。亀の甲羅。あれすごいね。

秋山　すごい。

船瀬　水を張った鉢に振動を与えると、水の平面にぐーっと模様が表れてくるんですよ。ある変数になると、きれいに亀の甲羅が現れたり、ある三葉虫の柄になったり。

要するに、水は波動を表すけれど、生体内ではその形態がそこで形成されていくわけです。亀の甲羅にそっくりだったりね。

秋山　そのエネルギー場が鋳型となって、そこに物質が結晶化していくだけなんです。

船瀬　生命体が形成されていくんだね。鋳型をつくるわけです。器をね。だから、僕は波動医学に確信を持ったわけですよ。この形態、この臓器、この全ては固有の周波数を持つ。

秋山　生命波動っていうのも、違ったエネルギーで生命波動と離れると、奇形ができちゃうんですよ。

船瀬　そう、DNA損傷などがそうです。あと、恐怖とかね……。恐怖、苦悩、不安。それは乱す波動ですから。あと憎しみとかね。本当に悪い細胞を生み出すわけですよ。ガンとか、弱った細胞とか。

秋山　逆に、それを気づかせてくれる鏡というふうに捉えられれば、ギフトとなる。

船瀬　あと感謝ね。この波動が、本当に大切です。

秋山　修正できるんですが、波動自体は見えないから、それで気づくって難しいんですよね。物質化して結果として見せてもらって、それを鏡として、自分の意識の歪みというように捉えられればとてもいいんですけれどね。歪んでいるのは自分以外の原因からきているんだって、外のせいにし始めるとですね……。

船瀬　いい薬ないですか？　とかいう意識ね。

秋山　ハーネマンも、一番難しいのは信念の病気だと。心の持ち方の病気。

沖正弘先生の武勇伝

船瀬　僕が25歳のとき、沖ヨガの沖先生に取材を許された。三島の沖ヨガ道場でね。釈弘元《しゃくこうげん》和尚という韓国の変わったお坊さんがいて、僕、その人の最初の伝記を書いたんです。『韓日放浪40年』（コスモス社）、テープ30本ぐらいを取材して書きました。

そのとき、釈和尚が日本中の新興宗教を一緒に回りましょうっていうので、僕は1年間和尚と一緒に回ったね。釈和尚と沖正弘先生は無二の親友だったんです。

それで、釈和尚が、船瀬さんという若いジャーナリストと一緒にうかがいますと言ったら、沖先生が会ってくれた。だけど、会った瞬間にオーラの塊なんだよ。怖いんだよ。うーって感じでオーラが出まくっているわけ。

何を書いてもよし、何を見てもよし、何を尋ねてもよし。しっかりやりなさいと言われて。夜になったら船瀬さん、沖先生が面談してくださいますって呼びに来た。

うわ、怖いなと思って。そこは開拓部落みたいなね。素人さんが作業療法でつくっているから、階段なんか、がったんがったんいうわけですよ。ロウソク持ってずっと奥のほう、沖先生の部屋に行くとロクソクがゆらゆらと動いていて、先生が瞑想している。

もう怖い。織田信長に会う下級武士みたいな気分。先生、船瀬さんをお連れしましたって弟子が声かけたら、「入れ」って言われて。

こっちをすっと向いて、本当にオーラ出まくるわけ。俺はカッチンコッチンで正座して、喉からからになっちゃった。「何でも聞きなさい」と。

それで、「信念とはいったい何でありますか?」って聞いた。

そしたら、「ふむ……少しは物事がわかっておるようだな……」

ハッ!　と俺は恐縮した。

「しかし、まだ色盲だ!」って一喝された。要するに、世の中は見えているけれども、まだ色がついていると。真の色が見えていない。
「まだ色盲だ！」って、もう怖いんですよ。
俺はもう縮み上がって、「はい！」っと身をすくめた。そしたら、そこにいた2、3人の実習生が、横でふって笑ったんだよ、かすかに。それを見た先生が、かっと目を見開いて、「貴様らは、アキメクラだ！」って怒鳴った。

秋山　アキメクラ。

船瀬　「アキメクラだ！」って怒鳴り飛ばして。いやぁ、今度、実習生がカチーンとなっちゃって。

秋山　迫力ありますね。

船瀬　俺も実習生も、固まっちゃって。すごい沈黙が流れましたよ。

緊張と沈黙に空間が支配されて。
すると先生が落ち着いて、これからがすごいんです。
「……しかしな、それでもお前たちがかわいい」って、涙、浮かんでる、目に。それに声が震えている。だからこの先生は恐ろしいけれど、優しい人なんだなって、すぐに理解しましたよ。

秋山　素敵な話ですね。

船瀬　それから、「以上！　解散！」って言って、さっと向こうのほうに向かれた。僕は深々と礼をした。本当、短い時間だったけれど、あれは忘れがたいね。

秋山　いやぁ、すごい方にお会いしているんですね。

船瀬　怪物ですよ。声張ると、半端じゃなかった。すげえ体験。

秋山　いつくらいの話ですか？

船瀬　僕が25歳のときです。今から43年前。

秋山　やっぱり、すごい方々がいらしたんですね。

船瀬　はい。沖先生は、スパイだったんですよ。

広島外国語大学出身、語学の天才で見込まれてね。

お父さまも軍隊の偉い人で、やっぱり天才的な語学能力。

それで陸軍中野学校に入り、それからスパイとして中東に派遣されてスパイ活動やっていたんですよ。

このときに、牢獄の聖者に出会い、沖先生がヨガを選ぶきっかけになったんです。

今のイランあたりを探索しているときに、日本人だってバレて地下牢に閉じ込められた。足に30センチぐらいの鉄の重りつけられた。

1カ月くらいそのままで、これはもう死刑はまぬがれないな、もう終わりだ。まだ20代半ばぐらいですよ。

ここからがすごいんです。ある日突然、頭にターバン巻いたお年寄りが入ってきた。蝶々がふわっと舞うように。どう見てもイラン人。

いつもニコニコして、しょっちゅう瞑想して、それからマントラかなんかやっている。2人しかいないから沖先生も話しかけられて、「おじいさんはどういう罪で入られたんですか?」って聞いたら、アッハッハッハって高笑い。

「政治犯じゃのう」

「どういうことをなさったんですか?」

「宗教を広めたんで捕まった。君は密輸かね?」

「いや、実は僕は日本の諜報員で」って言ったら、「あぁ、そうかね」

そのじいさんは、「政治犯だから、結局死刑だろうなぁ。ワッハッハッハッハ」って笑った。

それで沖先生はびっくりして、「死刑になるのになんで笑っておられるんですか?」って聞くわけですよ。

そしたら、「いやいや、何でも、避けられぬものも、それもまた楽しい」と。

「死刑もまた楽しいものだよ、ワッハッハ」って。

それで驚愕するわけですよ。このおじいさん、ただ者じゃないと。

「なぜそういう心境になれたんですか？」

「それは真の神を知ることである」

「神とは何ですか？」

「今までの常識は全部白紙に戻しなさい。神とは宇宙、まさに宇宙そのものである。生かされている宇宙の法理、宇宙の意思が神だ。だから君も僕も、全ては神の現れである」

沖先生もびっくり仰天してね。それで、ともに瞑想を始めた。

これから急転直下、ある夜、上のほうで叫び声が聞こえて、わぁー！　わぁー！

バキューン！　ドタタタ、バン！　ブバババン！　と銃声が響く。

このおじいさんの仲間が牢獄を襲って奪還に来た。

30人ぐらいの騎馬団で。まさに「インディ・ジョーンズ」の世界。

おじいさんに、「君も一緒に来るかね？」って言われ、「はいっ」と一緒に脱獄。馬が用意されていて、沖先生は乗馬できるから飛び乗って。

秋山　まさに「インディ・ジョーンズ」だね。かっこいい。

船瀬　ただもうひたすら夜通し駈け通した。

先生も、まるで西部劇に自分が紛れ込んだような気分だったと書いています。ひたすら馬を走らせて、彼らのアジトにたどり着いた。一息ついたときに、「あのおじいさんはどういう方ですか？」って聞いたら、「知らないのか？」と驚かれて。実は、イラン最高の宗教指導者だった。ルーホッラー・ホメイニー導師。あとで新聞でも、大きなニュースになっていた。

秋山　すごい巡り合わせ。そういう運命なんですね。

船瀬　「牢獄の聖者」と沖先生が書いています。

戦争が終わったときには、そうした諜報活動をしていた自分の罪滅ぼしもかねて、人類の救済のために何ができるか考えられた。

秋山　素晴らしい。スパイとして見つかってたらアウトですよね。

船瀬　アウト。完全に死刑。でも覚悟していたみたい。そのおじいちゃんも、死刑を覚悟していた。だけれどそれをワッハッハと、死刑もまた楽しいって笑ったから、沖青年が腰抜かしたわけですよ。面白いでしょ。

秋山　面白すぎますよ。

船瀬　事実は小説よりも奇なりだね。

秋山　もうね、船瀬先生が話していると、情景が浮かぶんですよ。

船瀬　沖先生との出会いも、運命が運命を呼んだんだなって感じがしますね。

食べるものを減らすほど心が落ち着いてくる

秋山　スパイやるって、人間の総合力が一番試されるんですよね。中村天風さんもスパイだったでしょ。

船瀬　そうそう。天風さんもそう。天風さんもヨガにいったね。面白いね。あの人が先ですよ。そのあと沖先生。

秋山　天風さん、本名は中村三郎さんっていってね。剣術の達人の称号として天風という名前を与えられているんですよ。

清水浦安さんという人、平たく言えばチャネラーさんを、天風さんが指導したんですけどね。お弁当屋さんの2代目で、2億円の借金ができちゃって、もう自殺するしかないって言ってた。でも奥さんは、「あなた、自殺するのもいいけれど借金返してからにしてね」って。

そこへ、天風さんが降りてきた。

「俺が借金の返し方教えてやるから、ちょっと俺の言うことをみんなに伝えるのを手伝ってくれないか」と。

天風さんはスパイもやって、戦後、真理というものを追究し、街頭演説までされていた方です。そのときに伝えていたのが、

「神のひとしずくであるワンドロップというものが、私たち全ての内側にあると信ずる。みんなが尊い存在だから、誰の中にもワンドロップを見いだし、育てるように」と。

中村天風さんの清水浦安さんへの教えは、とにかくお金を借りている金融機関に、毎日あいさつに行きなさいということでした。

船瀬　感謝しなさい。それは、ヨガの教える極意です。

秋山　そう。あいさつに行って感謝してね。それで10年かけて返し終わったんですって。その天風さんの言葉を、いろいろ降ろしたりしているんですけれど、私について天風さん

が説明してくださったんです。
普通は、肉体と霊体の割合は肉体7、で霊体3で過ごしている、ところが秋山さんの場合、肉体5で霊体5。それだと普通は不安定になって、霊界のほうに……。

船瀬　そう。あっちに行っちゃう可能性あるんだよね。幽体離脱で……。

秋山　そう。引っ張られるんだけれど、心が安定しているのでそれでも大丈夫、ということをおっしゃったらしいんです。霊体5、肉体5だから、お水飲まなくても肉体を維持できる、っていう説明だった。心の安定があって、マインドの浮き沈みに支配されない、というように言っていたみたいです。
それ、ジャスムヒーンさんが、8つのライフスタイルの中でマインドマスタリーって表現していることでもあるんです。自分が主体となって、感情をも支配すると。
感情に支配されるのではなく、というのは共通しているんですよね。
自分の感情を支配しきれていると認定されると、初段として、マスターになるみたいです。

船瀬　食べるものを減らすほど心が落ち着いてくるからね。不思議ですね。

秋山　そうですね。はい。

船瀬　1日1食にしていると、「あれ？　最近怒ってねぇな」って感じになる。ちょっと怒ってみるかって思っても、「あれ？　ちょっと待て、怒れねぇな、困ったな」ってなっちゃう。

秋山　今は、完全に夜ご飯だけですか？

船瀬　そうです。完全自炊、手作り料理。原材料費1日百円ぐらいですよ。肉、魚はもう家じゃほとんど食べない。ほぼベジタリアン。豆、食っているんですよ。

秋山　私も以前、肉か魚か出せって奥さんに言って、毎食食べていた頃は、荒々しかったんですよ。

船瀬　面白いよね。

秋山　戦いの場にいるという気持ちだと、そういうものが欲しくなるんです。例えば牛肉とか食べると、血が増えたような感覚になる。瞬発力が湧くんだけれど、そのあとだるくなる。

船瀬　それと、カーッと体があったかくなる。

秋山　そうそうそう。熱く攻撃的になる。

船瀬　典型的なのは、舛添東京都知事ですよ。あの人は有名なエピソードがあるんです。

国際政治学者、若いときからテレビに出ていて、タレント学者のはしりでしょ。

秋山　そうですね。

船瀬　彼、俺より1つ上ぐらいで、ほとんど同い年なんだよ。それで、『女性自身』かなんかのインタビューで舛添さんってお元気ですねって言われて、「いやぁ、おかげさまで」と。

「お好きな食べ物は何ですか?」っていう質問への答えが、「ステーキ」もう、とにかくステーキだと。

「じゃあ趣味は?」と聞かれると「ナイフの収集」って。怖いよね。

秋山　ナイフの収集か。

船瀬　あだ名が、ねずみ男ってね。

秋山　目つきが、なんからんらんとね。

船瀬　もう肉食獣の目ですよ。それで、女性関係もすごいんですよ。3回、結婚離婚しているしね。最初はフランスの女性と結婚。2人目、片山さつきでしょ。あの気の強い片山さつきが、舛添さんとの結婚生活について聞かれて、「一言だけ言います。怖かった。殺されるかと思った」

もうとにかく、ドメスティック・バイオレンスですよ。手が出る足が出る、ぼこぼこにされたんだって。言うことときかないと、テーブルの上にナイフをバーン。

秋山　ナイフ……。

船瀬　完全に狂気ですよ。これ、肉食の狂気だなと思いましたよ。

秋山　そうですね。逆に、私も玄米菜食ベースに変えていったら穏やかになってきました。それに、持久力がつくんですよ。例えば頭脳労働やっていても疲れないっていうかね、スタミナがあるというか。瞬発力は肉食のほうがあるかもしれないけれど、菜食には持久力がある。

船瀬　そう。それと疲れないね、原稿書いていても、文章が次から次に湧いてくる。よくあるじゃん、売れない作家がさ、頭抱えたり、イライラしたり。

秋山　編集者が座って待っていると。

船瀬　鉛筆咥《くわ》えたり、ぐちゃぐちゃの原稿用紙がちらばってたりとか。よくコントである。

秋山　あるある。

船瀬　あんなの、「作家に向いてねぇんだよ」って（笑）。

僕も断食していると、さーっと文章が次から次へ、次から次へ出てくるから、ものすごく能率が上がります。食べないほど頭がよく働く。400字詰め原稿用紙に換算で、1日101枚書いたことがあります。

過食と肉食は老化を早める

秋山　雑食系の方は、いろんな周波数で混乱する。

船瀬　ノイズになるんだよね。

秋山　特に日本は、食肉にされる動物の魂に対する配慮がないから、屠殺されるときもものの扱いなんです。恐怖とか悲しみが……。

船瀬　波動で残っているみたいね。

秋山　はい。残っている。

船瀬　いわゆる祟《たた》りだってなっちゃうわけだ。

秋山　ある格闘家で、もうお肉食べないって言っている人がいてね。それは、自分がリングに上がるときに、恐怖を持ち込みたくないからだって。

例えばイスラム教は、お祈り済みのお肉とかありますよね。

船瀬 あとアイヌの人たちも、熊祭りだとか、とにかくひたすら感謝する。インディアンもそうだよね。

秋山 そうです。アマゾンで森を歩いているとき、現地の人がイノシシと出会ったんですよ。パンッと仕留めてね。それで、その場でリュックみたいなのを草でこしらえて、20キロくらいのイノシシを大事に大事に背負って帰る。家に着いて、ちゃんとお祈りの儀式をするんです。さんざんお祈りをした上で食べる。

船瀬 あるね。あれはすごい。「いただきます」って言うのも、結局波動を鎮めるんだね。

秋山 そうです。お祈りです。私たちもいただくときに、愛と感謝とエネルギーでいただきますをしっかりやれば……。

船瀬 悪い波動が打ち消されるんだね。

秋山 添加物も打ち消せるんですすよ。添加物も、愛からできていますからね、究極的には。

船瀬 だから、舛添さんは、結局、髪も真っ白になって老けちゃって、じいちゃんになっちゃったでしょ？

秋山　腎の気が弱っているんでしょうね。

船瀬　ストレスもあるかなとは思うけど。国会で吊るしあげ食らったしさ。あれは、かわいそうだった。

でも、やっぱりよく肉食っている人は、一般的にそういうふうに気が荒かったり、老けるのが早いような気がするね。

秋山　それは間違いないでしょう。ジャスムヒーンさんだって、去年も還暦とは思えない若さでしたし。

船瀬　やっぱり、過食と肉食は体を酸性に傾けて、老化が早まるのは間違いない。

秋山　そうですね。国際長寿科学研究所の森下敬一先生と、２年前に対談させていただいたときに聞いたんですけど、森下先生も中国の一番の長寿の村に行って調査してきて。

船瀬　67回行っているのね。

秋山　カスミを食べているような方は、１５０歳とかざらに生きるわけですよ。それでもやっぱり、一番弱い臓器は腎臓なんですって。海水にいるときは水の枯渇ってないけれど、陸上に上がって乾くと死んじゃう、という世界ですからね。

それで水を貯える水袋みたいな、腎に負担がかかりやすいらしいですね、そういう水分代謝を使っていたら。

船瀬　肝腎かなめっていうよね。

秋山　そうそう。森下先生もちょっと体力がなくなってきた。「80歳ぐらいのときに腎臓が弱いってわかったから、沖縄の海に行って、ひたすら海水の中に入って、腎臓に海水で塩分を入れて元気にした」っておっしゃっていました。もちろん冷やすと逆効果なんですけれど、海水で塩っていうのが大事なんですよ。命の塩。ミネラル。

船瀬　生命の血潮っていいますからね。

秋山　はい。腎臓っていうのは、決して老廃物をろ過しているだけじゃなくて、ミネラル量を調節しているんですよ。水ばっかり飲んじゃうとミネラル不足になって、腎を痛めちゃったりする。

船瀬　そうそう。いわゆる水毒ってやつだね。それと腎虚って言うでしょ。男のアレが駄目になるの。これはもう生命が、そこで終わりだよってやつでしょ。

秋山　そうです。中国医学では「先天の気」と呼ばれていましてね。先祖から受け継いだ生命エネルギーの蓄積場所が腎臓なんですよ。脾臓が後天の気でね。

脾臓は手元の現金みたいなもので、腎臓は先祖から受け継いだ定期預金みたいなものなわけですよ。脾臓の気が弱ってきて足りなくなってくると、定期預金をおろすように、腎臓の気を使わなきゃいけない。

逆に脾臓の気がしっかり充実していると、腎に貯金して次の世代にも持ち越せるということなんですけれどね。

船瀬　だから男も、最後あかんようになったら煙が出るようになって、そして赤い玉が出て、よく見たらおしまいって書いてるんだって。これは落語のオチだけれど（笑）。

秋山　女性の場合は、それこそいろいろと調査されています。オリンピック選手でも、セックスをしたあとの記録がどうなるかって。

船瀬　したほうが伸びるんじゃない。

秋山　女性はしたほうが上がる。ところが男性は落ちる。それはそうですよね。

船瀬　そら、そうだよね。

秋山　男性は眠くなっちゃうから。昔から特に、王様とかは多く交わりがあったりするから、そこで全部射精しちゃうと、生命エネルギーを使っちゃって腎が弱っちゃうわけですよ。腎虚になっちゃう。

船瀬　だから、貝原益軒ですよ。「接して漏らさず」。

秋山　「接して漏らさず」。やっぱりオキシトシンとか出るっていうか、女性の陰陽の交わりっていうか。

そのエネルギーは若さを保つ、確かにエネルギーになるとは思うんですけれど、男性の場合は、射精しちゃうとそこで一気に腎の気を弱めちゃう。

船瀬　腎虚ってのはよく言ったもんだよ。

秋山　その腎っていうのは、生殖系の親玉なんですよ。肝っていうのが消化器系の親玉なんです。

船瀬　解毒作用でね。

秋山　解毒作用もあるけれど、胆汁をつくるのも肝臓だし、消化系の親玉なんですよ。だからそこで、出るエネルギーを、クンダリーニを使ってぐっと体に循環させるのがいいんでしょうね。

船瀬　いわゆるタントラヨガだ。

秋山　そう。研究したことがあるんですけれど。実際、タオの道にもあるんですよね、いろいろと。

船瀬　タオも性愛におおらかですよ。道教もね。儒教は厳正だけど。

秋山　中国の場合、縄が編まれている裏表みたいに、儒教と道教両方あるからうまくいっているんです。

船瀬　そうそう。陰と陽のね。だから儒教ばっかりになっちゃうと、堅苦しくてね。

秋山　でも日本人は儒教のほうしか見なかったりして、固くなっちゃって。

船瀬　だから、まさに陰と陽だね。締めるところと緩めるところが、まさに糾《あざな》える縄の如しってやつですよ。

秋山　日本人の場合、ちょっと締めるところが多すぎた。免疫学者の安保《あぼ》徹先生も、全ての病気は緊張病であるっておっしゃっていましたから。

船瀬　おっしゃった通りだね。カチカチ……交感神経緊張でね。

秋山　そう。むしろ緩めるっていうか、笑っているのが一番ですよ。

船瀬　そうそう。安保徹先生はそれを実践なさっていたよね。本当に。だからカチンコチンの人はさ。元京都大学教授の白川太郎先生はまだ真面目すぎると思う。

秋山　そうですよね。

船瀬　この間、倒れたんだって。

秋山　そうらしいですよね。
船瀬　白川先生だって京都大学の神童って言われたぐらいなんです。今だいぶ柔らかくなっているけれど、それでもやっぱり真面目なお方なんですよ。
秋山　超真面目ですね。
船瀬　超真面目。超超超がつくくらい。でも、だいぶ、くだけてきましたけど。
秋山　それでもね。
船瀬　秀才、天才、真面目だから。交感神経緊張型で倒れた。
秋山　ガン患者に身を捧げてやってらして、固くなっちゃった。
船瀬　それでもだいぶ明るくなりましたよ。前、宗像《むなかた》先生と白川先生、シンポジウムでケンカしちゃったんだって。宗像さんなんか、ムーミンドクターみたいなさ。ぼーっとしていてホンワカ面白い。
秋山　あの方、面白いですよね。
船瀬「ガンなんてね、結局は簡単に治っちゃうんだから」って言った。そしたら白川先生が、「いい加減なこと言うな！」って。壇上でケンカになっちゃった（苦笑）。
秋山　やっぱり白川先生、学者肌だと思うんです。

船瀬　学者肌ですよ。だけれど本当に明るく柔らかくなった。

どの業界にもある、裏に潜む真実

船瀬　京都大学の中にいたら、医者なんてみんな嫌な顔してるよ。

秋山　そうそう。自分も医学博士っていっても代替医療で良かったなって、本当にそう思いますもん。

船瀬　医者の集まりなんかいったら、もうみんな、うわってくらい陰気でね。

秋山　もう、全部製薬会社が仕切っていますから。医局の中でも、出世したいとか、欲が渦巻いてますからね。製薬会社が、「あなたのために大学の講座をつくってあげましょう」って言うんです。その代わり、うちの薬を処方箋に書いてくださいって。

船瀬　完全に汚職ですよ。

秋山　大学の講座という1つのポストをつくっても、直接の金銭の授受とは違って間接的になっているわけ。表立ってはやらない、もちろん。あとは、別荘の鍵を渡されるんですって。

船瀬　え？　それ初めて聞く。

秋山　別荘の鍵を渡されて、「いつでもご自由に使っていただいてけっこうですから」って。行くと、冷蔵庫には高いお酒とか飲み物とか食べ物とかいっぱい入っていて、「どうぞご自由にお使いください」と。

船瀬　ベッドには若い美女が待っている。これギャグだけれど……（笑）。

秋山　いやいや。ありそう。

船瀬　ある友達の若いドクターだけれど、正直に言ってくれました。食事代から枕代。それから、おっぱいパブの回数券までもらったとか。

秋山　そういう世界なんですよね。けっこう単純っていうか。あと、うちの父が2年前に亡くなったんですけれど、その父が新宿高校で、東京電力の勝俣会長と同級生だったんですよ。

船瀬　勝俣さん、東大じゃないですか？

秋山　そうです。ウチの父は東工大ですけれどね。高校が一緒だった。あの家はサラブレットの家系で、いい家柄なんですよ。それで震災のときに、ちょうど社長が体崩していたりしていて、会長が出てきたでしょ。

船瀬　出てきた……！

秋山　私も昔から、父経由で勝俣さんは知っていたんです。東工大1年のときに教養の発表で自由にテーマを選んでいいっていうので、私は原発について発表したんですよ。あんまり何も考えてなかったんですけれど。父が原発反対の高木仁三郎さんと……。

船瀬　仁さん知っていたの？

秋山　うん。うちの父、手伝っていたんですよ。

船瀬　そうですか。僕は仁さん、消費者連盟いた頃からよく知っていますよ。真面目な人で、あの人がまたもう。真面目すぎるぐらい。

秋山　そう。仁三郎さん経由で反対派の情報が入ってきたんです。父経由でね。一方、また勝俣さん経由で東京電力からも資料が来て、両方を見て発表しました。

船瀬　それはいい資料になりますね。

秋山　その父が、勝俣さんに同窓会で会うじゃないですか。すると勝俣さんがいいお店に連れて行ってくれて。普通では入れないお店も、ちゃんと特別室に通されるって。

船瀬　そういう生活送っていたら、もう戻れんな。もとに。

秋山　戻れない。同級生みんなにいい思いをさせたみたいだけれど、当たり前なの。そういう世界。あとは電通に、東京電力のためのチームがあるわけです。本当は、東京電力は独占企業だから、宣伝なんていらないわけ。

船瀬　そうだね。

秋山　ところが、宣伝費1千万以上。

船瀬　あれ、マスコミ操作ですよ。マスコミ報道をコントロールするための口止め料です。

秋山　あと、安全だっていう……。

船瀬　偽キャンペーンをばらまくわけですよ。

秋山　3・11あったでしょ。東京でも、電通では社員に外出禁止令が出された。東京電力からすぐに情報が入って、新聞記者も関西に逃げたりとかして。フランスとかドイツの大使とかはみんな逃げて行って。フランスなんて、エアフランス航空の飛行機を1台チャーターして、フランス人は無料で乗っていいとして、本国へ帰した。でも大使の日本人の奥さんは駄目だったらしいです。ペットも駄目。

船瀬　緊急避難だ。

秋山　元JALで、ダライ・ラマさんが来たときに手配する人とか友達なので、そういう話が私の耳にいろいろ入ってきてね。裏口っていくらでもあるんだなと思って。

船瀬　そうそう。表があれば裏があるんですね。裏が本当は真実なんですよ。表は虚偽なんです。

秋山　金融も、表よりも裏の会計のほうがメインだったり。

船瀬　国家レベルでも、裏帳簿の特別会計がおそらく3百兆円。使い途は誰もチェックできない、恐ろしいよね。ウソかまことか、アメリカが、毎年百兆ずつ取っているっていうんだよ。日本は国家じゃないね。アメリカの永久属国だ。

秋山　でも、日本の財政は盤石だという。中国がちょっと日本にちょっかい出そうとしていたときに、いろいろ調べたら日本には絶対かなわないってわかって、友好路線に変えたとか。

日本が財政破綻だとか言っているのはうそらしいですね。国民に貸しているだけですからね。

船瀬　そうそう。それと、特別会計という裏金庫は一切表に出ない。

秋山　いろいろあると聞きます。

船瀬　あんまり立ち入ると危ない。石井紘基《こうき》さん、刺し殺されたでしょう。彼をよく知っていましたけれど。国会で、特別会計について質問をしようとしていたようですね。その日の朝、自宅玄関で襲われた。日本はもう、独立国家じゃない、奴隷国家です。アメリカの完全な奴隷……。

銀河宇宙連合からのメッセージ

秋山　でも今、宇宙からのサポートも入っていますから。先日、健康相談でここに女性のチャネラーさんが来て、いきなり宇宙語でペラペラと、10分から15分話してね。わけわかんないじゃないですか。健康相談でいらしたのに。

最初、「どこかお体の具合が悪いんですか?」って聞いたら、「何も悪くありません」って言うんですよ。「じゃあ何かお悩みでも?」と。けっこう人生相談もありますからね。でも、「何もありません」と。じゃあ、「何しに来たんですか?」って言ったら、いきなり始まって。ペラペラペラペラと。

船瀬　宇宙語……。

秋山　聞いたことないイントネーションだしわけわからないけれど、でも嫌な感じはしないんですよ。なんか明るくて楽しげな感じ。それが10分か15分か続いて。そういうときは長く感じますね。

船瀬　そうですね。

秋山　やっと話が終わって、ほっとするじゃないですか。そしたら急に泣き始めて。

船瀬　完全にチャネラーだな。自動書記みたいなもんだね。

秋山　初対面の女性にいきなり泣かれて、いや、こっちは女泣かせっていうことでやってるわけじゃないよと思って（笑）。

「ティッシュどうぞ」とか言って涙ふいてもらうと、落ち着いてきてね。そしたら、普通に日本語でぽつぽつ話し出しました。

「実は、私はチャネラーです。上から、とにかくここに来なさいと言われました。それで健康相談に申し込んだんです。

今、この場でチャネリングが起こりました。1人ではありません。複数のチームです。彼らは銀河宇宙連合と名乗っています。私も銀河宇宙連合のチャネリングは初めてです。あまりに愛あふれる精妙な波動だったので、感極まって泣いてしまいました」

こう言われたんです。なるほどと。宇宙語を話しても、翻訳ができない人がけっこういるんですね。

船瀬　ただ、口から音が出ているだけね。

秋山　そうそう。でもその方はベテランで、ちゃんと翻訳できる。その内容は、「今宇宙では万全の準備をし、万全のサポートをしているから、何の心配もしなくていい。今の持ち場でもう少しそのまま続けてくれないか」と。そのように励まされるとともに、「肉体がお疲れですね」って言われました。もう3、4年前ですよ。特に左の腎がお疲れですねって具体的なんですよ。

「差し支えなければ、この場でヒーリングをさせていただいてよろしいでしょうか」という流れになりました。

船瀬　すごいね。主客転倒だね、そりゃ。

秋山　そのメンバーが、イエス様とかマリア様とかブッダさんとか。銀河宇宙連合メンバーってすごいですからね。クリシュナさんとかババジさんとか。セント・ジャーメインもいるけれど。ヒーラーチーム。

船瀬　ハリウッド映画の『アベンジャーズ』になっちゃった。

秋山　はい。「もちろん、ぜひお願いします」と言うと、ばーってエネルギー降ろされて。そしたら、その日はいつになく爆睡しちゃいました。

船瀬　エネルギーが入ったんですね。

秋山　それから、ジャスムヒーンさんのワークショップのとき、２０１７年7月のときも、宇宙船がずっと上にいるわけですよ。

最終日の最後の時間は、宇宙船から存在たちが15体ぐらい降りてきていて、チャネリングが始まっちゃったんです。ジャスムヒーンさんがチャネリングされて、急に男っぽい口調になって銀河宇宙連合のメッセージを伝えてくれました。

「地球はとても大事な星ですから、私たちは常に見守っています。今はすてきなタイミングですので、私たちが万全のサポートをしています。あなた方人類の変容を促すサポートを望んでいますし、またそのための知恵もいろいろ降ろしているから、とにかく安心して楽しんで過ごしてください」

という、非常に励ますような内容でした。

船瀬　キーワードになるのは、やっぱり月らしいね。月は明らかに中が空洞。相当調べたけれど、ＵＦＯの基地がある……っていう説は、極めて信憑性が高い。

秋山　月もいつも同じ方面しかこちらを向いていなくて、裏側が見えない。

船瀬　ソ連の学者が書いた、『それでも月に何かがいる』（啓学出版）っていう本があるんですよ。これは僕が若い頃、3、40年前に読んだのかな。そのときに、へーと思ったの。月には20の謎がある。その謎を全てを解き明かすと、結局、月は巨大な宇宙船である。

つくったというよりも、空洞を利用している。

それを読むと、本当にそうとしか考えられない。表面は非常に固い殻でできていて。だから、人工地震を起こしたら10分とか20分、共鳴が続いた。ウォンウォンと……。巨大な空洞に、宇宙人さんがいるみたい。

秋山　ジャスムヒーンさんのワークショップでもシェアされていたのは、宇宙では地球の在り方についていろいろ議論されているということ。「スター・ウォーズ」で出てくるスタジアムみたいなところで会議をしているみたいな感じですよ、イメージとしては。

そこで実は波動のシステムが完成していて、そのシステムで5分間、調和の波動、愛の波動を送ると、地球にいる私たち全員の意識が平和になる。

船瀬　シンクロするわけですね。

秋山　はい。地球もいまだに戦争とかいろいろな争いとかやっているから、もうそのシステムを使っちゃおうか、まだ使うまいか、という会議をやっていてね。地球の、無茶苦茶な振動が宇宙にもきて迷惑しているから、もう使っちゃいましょうっていう声もけっこうあったらしいんですけれど、地上でも真実のために目覚めて、伝えようとしている人もたくさんいるし、彼らの努力もとても素晴らしいからと、結局まだ使われていないんです。地球に、いわゆるライトワーカーの方々がいらっしゃいますからね、船瀬さんってその筆頭ですけれど。

船瀬　僕がライトワーカー？

秋山　だって、真実を伝えてますもんね、身を張って。

船瀬　増川先生の、２０１７年のホワイトライオンの集いのときなんか、５、６００人いてね。ＵＦＯを呼ぶことを真剣にやった。みんなで祈ってくださいって言うが、祈ったってそんな出るわけねぇだろと思ってたんです。

でも、そのうち、ほんとにＵＦＯが来てね。ウソだろ？　って感じだよね、あれ。７回ぐらい、ぱっと現れて、ぴゅーっと移動して、ぱっと消えたりするんですよ。

秋山　錯覚とは捉えられないように、あえてはっきりと示してくれたんですよね。

船瀬　うん。ひゅー、ぱって消えたりする。それが１回じゃなくて７回ぐらい見えて。みんなも、「え、ほんとに?」って、どよめきですよ。

秋山　もう認めざるを得ない。

船瀬　だって、UFOを見るためにみんな仰向けになってたら、「はいどうぞー」って現れるんだから、あれには呆れかえっちゃったね。

秋山　やっぱり上の存在、宇宙の存在からすると、祈りというのは確かにすごくパワフルだし大事なんですけれども、それだけじゃなく、地上にごみがあるなら、それを肉体をもって拾うとかね、口を使って、声をもって伝えるとかね。そんなふうに肉体をもって行動するっていうのが、とても大事なんです。

だから、身を張って行動されている船瀬先生、すごい尊敬されている。

宇宙からすると、英雄です。肉体をもたないで祈ったりするのは簡単なの。極端な話、死んでからも祈ることはできるんですよ。意識があるから。

船瀬　そうみたいね。

秋山　でも、肉体をもって行動する。人に会って伝えようとする。これは、地上ならではなんですよね。

現代は自分探しの時代――存在不安を抱える人たち

船瀬　今は、いわゆる生き方探しの時代なんですよ。それで僕、村上春樹がなぜ売れているのか？　というのがわかる。村上春樹は早稲田の、１つか２つ上の先輩になる。さて、ジェイ・ルービンっていう、ハーバード大学の日本文学教授で、村上作品を英訳した人を通じて、彼が売れている理由がわかりました。

僕の親友で、映画評論家の西村雄一郎とは40年の付き合い。佐賀出身の西村の親しい女性が、実はジェイ・ルービンの奥さん。僕はジェイさんと、大学時代に会ったことある。彼はバックパッカーで、ハーバードの学生でした。

村上春樹は、英語に翻訳するときは、ジェイ・ルービンを指名している。あるとき、西村が「ジェイ、なんで村上春樹の本はあんだけ売れるんだ？」って聞いた。それから、「俺の本はなんで売れねぇんだよ」

「お前、そんなこと聞いたのか、ばか野郎」って言ったら、ジェイが言うには……って話し始めた。

「なぜ春樹が売れるか？　要するに春樹の本を読者は、あ、これは私のこと書いていると思うんだよ」って。村上春樹っていうのは、結局、ポストモダンなんです。すなわち自分探しなんです。私はだれ？　ここはどこ？　アイデンティティを求めるさすらい。魂のさすらいですよ。彼は、あの年になっていまだにそれをやっているわけです。

なぜ何百万部も世界的に売れるか。みんな読者は、「これは私だ……」と思って読む。すなわち、自分探しをしている。

要するに、生き方に迷っている現代人が、いかに世界中に多いかっていうこと。

秋山　でも、この世の中見ていたらね、そうなるのもわかります。

船瀬　だから、僕とは対極なんですよ。彼はポストモダンでしょ。ポストモダンっていうのは要するに3つで、自由、解放、遊走なんですよ。

浅田彰っていう人もいたじゃない？　ポストモダンの論客。

彼らは自由を求め、解放を求め、奔放に生きる。……彼らが嫌いなのは、論争とか戦い、対決とか反撃とかね、そんなのが嫌なんですよ。

僕は全部、逆です。相手見つけたらタイマンで勝負する。僕は対決する。告発する。闘う。ところが全部、めんどくさいんだ、彼らにしてみたら――。

浅田彰は『逃走論』を書いたでしょ。この論述は、まさにポストモダンですよ。

対決を好まない。争いも好まない、自由。解放——気持ち良く、心地良くいたいから逃げるんです。「逃げろ、逃げろ、どこまでも逃げろ」というのが、浅田彰の本です。俺は違う。「なんだ、この野郎」って、こっちが追っかけていくほう。僕はリアリストであって、腰すえて生きてきたわけよ。悪と戦うという。

秋山　かっこいいですよね。

船瀬　ところが、春樹なんか逃げろ逃げろで。「私はだれ？　ここはどこ？」ってやっているわけですよ。『ノルウェイの森』（新潮社）も読んだけれども、もう退屈で、俺は本当にめまいがするようだった。

付き合っていた4人の女性の内の1人が亡くなった。それで、最後に、春の雨が降る芝生の上の電話ボックスの中で、僕は電話に叫んだ、ここはどこなんだ？　僕はどこにいるんだ？

そこ、電話ボックスやないかいって、つっこみたくなった。

秋山　それはそうだ。それで終わりなんですか？

船瀬　それで終わりなんです。

秋山　なんかすっきりしないね。

船瀬　だから、現代社会っていう、そういう村上春樹の本が何百万部も売れる世界がある。要するに自分探しをしている、自分がなぜ生きているか、なぜここにいるのか、どうして生きているのかがわからない、存在不安を抱えている人が、それだけ多いってこと。

秋山　なるほどね。でも本当にそういう人たち、周りに多いですよね。

船瀬　特に若い奴、ほぼそういう感じよ。

秋山　はい。夢ないとか目標ないとかよく言いますもんね。

船瀬　もう1つ、付け加えておきたい。大ベストセラー『ノルウェイの森』には、戦後文学、最大の誤訳があるのです。

ご存じのように『ノルウェイの森』はビートルズのヒット曲のタイトルから来ています。小説の表紙カバーも北欧の寒々とした森の写真です。つまり、それが、若い男女の愛の心象風景として読者の心を捉えたのです。

ところが、ビートルズ曲のタイトルでは「Ｎｏｒｗｅｇｉａｎ Ｗｏｏｄ」と単数形です。これは「木材」という意味です。「Ｗｏｏｄｓ」と複数形なら「森」を意味する。

つまり、ビートルズの原曲タイトルの意味は「ノルウェー産材木」。それは、安物の木材です。……それが転じて「安物家具」つまり「貧乏暮らし」という意味だったんです。

日本のフォークの名曲「神田川」と同じだね。つまり、原曲では、うだつの上がらない暮らしを嘆く歌だったのが、日本語の誤訳で「寒々とした森のように悲しい男女の物語」になっちゃった。まさに村上作品、痛恨の誤訳ですよ……。そして、春樹も読者も、そのことに、まったく気づいていない。海外に知られたら、まさに、恥ずかしいエピソードですね。

講演会で、「なんか質問ありますか」って聞いたら、若い奴がはいって手上げるからさ。はい、君って言ったら、「先生はどうしてそんなに若いんですか?」って言うの。

あのなぁ……な世界でしょ? 魂の彷徨の時代ですよ。

秋山 お金たくさん稼いで豊かになるんだ、みたいならまだね。

船瀬 戦後の一時期は、貧乏から俺は絶対はいあがるっていうのが主流としてあった。だから経済も急成長、右肩上がりで。

秋山 それはまあ、目標があって、結果も見やすいから幸せですよね。

船瀬 大企業に入って絶対、出世して、いい嫁さんもらって一戸建てを建てて、とかね。

秋山 わかりやすいから。

船瀬 今やそれもないいんです。

秋山　それやっても幸せつかめないっていうのは、けっこう今の若い人たち。

船瀬　ウスバカゲロウみたいに存在感薄く生きているわけ。だけどそこに存在不安があるから、何か生きがいが欲しい。なんで僕は生きているんだ……。

秋山　本当の意味では、地上に来た目的とか計画はあるんだけれど、それを忘れていますからね。それを思い出してやっていくのが醍醐味なんですが、やっぱり地上の波動が重かったから、どんよりとしちゃって。特に薬なんか使われると……。

船瀬　完全にもう、波動が乱されちゃう。僕はとにかく、タイマン勝負するじゃん。

秋山　そうですね。タイマン勝負でも、そこに笑いがあるからすごいですよね。

船瀬　やっぱり若い奴は、気力、体力がなくって、張り合いもなくしてるんだろうなって最近わかってきたよ。

秋山　そうなんですよね。自分なんかも実は、過去世で戦士とかさんざんやっているみたいなんですよ。

船瀬　じゃあ、けっこう地獄見てきているんだ。

秋山　ええ。まさに地獄は本拠地みたいな。

船瀬　だから先生は、意外にファイターなんだね。

秋山　そうなんですよ。ドラゴンボールの悟空がすごい昔から好きなんです。秋山先生は悟空みたいですよね、とか、ときに言われるんですよ。

悟空ってとにかく戦いが好きで、「強い相手と戦いてぇ」と。好奇心だけなんですよ。でも、相手が憎いわけじゃないのね。自分がどの境地までいけるかを知りたくて、その手段として強い相手を欲しがる。

船瀬　先生も、やっぱりファイターなんだね。

秋山　そう。不思議と、戦った相手がみんな味方になっていく。けっこう私も策士で、裁判では両当事者がケンカしていても、私は両方と仲良くできちゃう。

船瀬　前世については……、俺はがっくりきた。前世は、おばさんだって言われたんです。船瀬塾の女性陣がもう、ひっくり返って笑ってた。

秋山　おばさんでがっくりきたら、それ、おばさんに悪くないですか？

船瀬　……でも考えてみたら、料理はするし、花は活けるし。節約グセはあるし……おばさんぽい。

秋山　すてきですよ。今、そういう男性がモテるんですよ。

船瀬　意外と、妙齢の女性ファンが多くてね、だから今は、整理券配ったりとか（笑）。
秋山　いや、あれだけ痛快に笑わせていただけるんだから、素晴らしいですもん。船瀬先生のセミナー、本当に楽しくて最高です。
船瀬　小咄と落語の路上ライブのようでしたけどね。
秋山　間の取り方とかさ、もう絶妙なの。同じネタ、何回聞いてたって笑えます。
船瀬　古典落語の域になっていますから……。
秋山　そう。古典落語って、次どういうセリフがくるかわかっていても、みんなそれを待っているでしょ。それをライブで見られたから、「あぁ、良かった」っていうすごい満足感でいっぱいになった。
古典落語って、自分で言い放っちゃうところがもうすごい。

ホツマツタヱを学びなさい

船瀬　秋山先生のご本に出てくる、「ぷあぷあする」っていうのはどういう意味なんですか？

秋山　ドルフィン先生が、『ワクワクからぷあぷあへ』（ライトワーカー）っていう本を出されているんですが、先ほどもちょっと言いましたけれど、「ぷ」は非常に軽い言霊なんですよね。「ぱぴぷぺぽ」ってね。

それで「あ」っていうのが宇宙の言霊だから、「ぷあ」はとてもいいんですね。

船瀬　雑誌も「ぱぴぷぺぽ」を使うと売れるんですよ。『ポパイ』とか『ぴあ』とかね。

秋山　そう。バイブレーションが軽い。

「ぷ」っていうのは破裂音ですよね。プラーナの音霊はどういう意味かというと、破裂をする、爆発するという。「ラー」というのは光なんですよ。「ナ」は調和なんです。だから、光が爆発的に広がって調和すると、こういう言霊になるんです、はせくらさんによるとね。もともとは、サンスクリットで呼吸とかいう意味らしいですが。

船瀬　ポップミュージックとか、言葉の響きが表しているんですよね。

秋山　はせくらさんが、『奇跡の言葉３３３』（ＢＡＢジャパン）で、怒りは光って言われていました。それと、「イライラはひらひら」っていうのを私が考えて、どうですかって言ったら採用されたんです。怒りまでいかないイライラ感、それをどう言霊で解消するか。

怒りだったら、怒りは光って言えばいいんですけれど、「イライラはひらひら」と言ったら、とてもいい言霊だと認めていただいたんです。

船瀬　軽くていい響きだよね。

秋山　「ひ」は広がるエネルギーがあるし、「ら」は光だから、光が広がるっていう意味ですね、と言っていただけました。それで、はせくらさんが新刊をプレゼントしてくださったときに、このイライラをひらひらにという節は、秋山さんのアイディアを使わせていただきましたってわざわざ言ってくださって。

それで、『ぷあぷあ』の本を出されたのが、ドルフィン先生です。

船瀬　そこから来ているんですね。響きがいいね。実に楽しくて、うきうきする。

秋山　「ぷある」と「ガチる」、なんておっしゃっています。緊張してガチガチやるのがガチるです。

先ほども言いましたが、「あ」っていうのは、「あわうた」でも宇宙の言霊だから、ぷあだと、宇宙のエネルギーが爆発的に広がるっていう意味があります。

船瀬　あうんの呼吸って言いますもんね。「あ」は全ての始まりだもんね。

秋山　縄文の、ヲシテ文字のホツマの世界です。２０１８年に入って、ホツマを学びなさい、という流れが広がってきました。ホツマの家系図とかね。

船瀬　最近、この古代文字への関心が、盛り上がっていますね、すごいね今。

秋山　そうですね。森美智代さんも出版されていますし。

これは、ホツマツタヱ。縄文の文字、ヲシテ文字です。ヲシテ文字で書かれているのが、フトマニとホツマツタヱと、あとミカサフミっていう文書です。ミカサフミはまだ全部見つかっていないんですけれど。

船瀬　これ、私の周りにもけっこうハマってる方が多くて、びっくりしましたよ。

秋山　私も、学びなさいと言って、クライアントさんから辞典が送られてきたり、研究者のいときょう先生の講座がここから歩いて10分のところで開催されて招待されたり。休むとDVDが送られてきたりで、逃げられませんでした。

自分の御霊分けっていろんなところでコピーがあるわけですけれど、最近、ヤマトタケルの御霊を引き継いでいるって気がついたんですよ。

そういう人たちや出来事にシンクロして、それで2018年8月に入ってから、3人の方にアマテルカミのエネルギーがありますって言われたんですよね。

確かに写真を撮ると光が入ったりとか、笈川裕子さんからもよくそんなことを言われていました。

船瀬　何か、隠れていた見えないエネルギーが動き出したのかなぁ。

秋山　10月、岡山のお宮に、フラワー・オブ・ライフの綿棒アートの依頼があって納めてきたときに、私の魂の兄と姉がいたんですよ。その方に、「お兄さまだと思うんですけれど」って言ったら、Oリングみたいなキネシオロジーの一種の、首振りので確かめてくれて、確かにその通りだと言われました。首振りが止まらない、完全にあてはまるとね。

1千回、1万回のレベルでなく、転生のたびに兄弟をやっていると。

クニトコタチ様の長男って言ったら、エノミコトですよね。

この間、その魂のお兄さまが、エノミコトの話をされたときには、迫力が違いました。「1を知れば10を知るのが、我が一族の伝統です」とかおっしゃって。

船瀬　すごいね。

秋山　その魂のお兄さまに、私がエノミコト、それをまたエジプトのエノクの鍵、エノクの神とかけたのはさすがですね、みたいに言われて。そんな思いもなかったんですけれどね。

その方は、「私がエノミコトだとすると、あなたはトノミコトですね。私のあとを継いで、平安の世を完成させたのは、トノミコト、あなたですね」、なんて会話をされました。

岡山に住んでいたのが役目の形で東京に出てきて。つい数日前、山田征さんの内々の勉強会をここでやっているんですよ。山田さんは、環境問題、公害問題とか、それだけをやっていたら間に合わないっておっしゃっていました。やはり人の生き方、心の持ち方が大切だと。

船瀬　なるほどね。

秋山　それで、「秋山さんほどルシエルのことを深く理解した人に会ったことがありませんでした、ぜひそのスピリチュアルな勉強会を、小さくていいので開催してくれませんか？」って頼まれたんです。

それで10名くらいの小規模で9月から始めたんです。山田さんも、お金は一切いただきませんということで。

そのときにちょうど、岡山の兄・姉がこっちに来ていたんですが、会いたいなと思ったんですよ。

そうしたら、いろんなシンクロがあり、「明日以降、お会いできませんか？」と向こうから言ってきたんですよ。それで「明日、健康相談が急にキャンセル入ったからいかがですか」ってうかがって、来てもらいました。

その兄さまは、裏天皇とか超親しいわけです。私も皇居のご奉仕ということで、勤労奉仕団長として、先日も行ってきましたけれど。表の皇居と……。

船瀬　裏宮がある。

秋山　そう。裏宮ね。よくご存じだと思うんですけれど。その裏宮のほうが正当だって閣議決定されたりとかあるらしいですね。

船瀬　いかにもって感じだね。

ちなみに、古文書がほとんど消えたのは、日本書紀編纂のときに、「国史を編纂するから、お前の一族にある大事な文献を出せ」ってお達しがあって、喜んでみんな差し出したら、全部燃やされちゃったからなんだね。あれひどいね。見事に、騙された。

秋山　ウソだってばれちゃうと困るから。

船瀬　それで歴史をねつ造した。都合いいところだけとっちゃって。

秋山　要は、自分たちを正当化したわけですよ。

船瀬　藤原不比等が作ったのが日本書紀でしょ。それで先祖の藤原鎌足は、ペルシャ人だったたっていう説もあるんだよね。目が青かったとか。完全にユダヤの流れですよ。

秋山　藤原氏のほうが、まだ見つかっていないヲシテの文献、ミカサフミを持っているという話があります。いときょう先生が。持っているはずだっておっしゃっていた。なかなかそういうのって完全に捨てきれないもの。

船瀬　学者だからね。俺だって、本は1万冊近くあるんだもん。

秋山　本は大変でしょ。

船瀬　もう本だらけですよ。私の仕事場でも、来た人みんなうわーってなる。

秋山　私の祖父が亡くなったときも、大変でしてね。本だけで完全に、一部屋埋まっちゃってて。

祖父はいろいろ面白い人で、イギリスで、ビートルズの初めてのコンサートを観たとかね。坂本龍一さんのお父さんと仲が良かったみたいで、「龍一君は」なんて言っていました。

船瀬　きらびやかな人脈だなぁ。

秋山　祖父は、京都で本屋さんをやっていたんだけれど、倒産しちゃってこっちに来たみたいです。親鸞について、最後書いていていて、出版まではできないで終わっちゃったかな。

船瀬　やっぱり研究者だね。

秋山　父方の祖父は、数学とか満州で教えていた人でした。天文学者で、秋山星ってあるんですよ。

船瀬　発見して名前つけたんだ。

秋山　弟子たちが発見したんだけれど、弟子たちが、師匠の名前をつけてくださいと。私の名前も、名付け親になってくれたんです。

船瀬　だから、高貴なお名前なんですね。「胤《たね》」なんて漢字、普通考えつきませんよ。

秋山　私もやっと最近、書けるようになった（笑）。

船瀬　タロウとかヨシオになっちゃう、普通はね……。

秋山　祖父が本当に最後のときに、日蓮さんに傾倒したらしくて。だから、何妙法蓮華経とやっていたんですけれどね。

ところが最近、岡山の兄さまに日蓮の話をいろいろ聞いたんです。日蓮さん、やっぱりたいした人だったみたい。天皇家の人だって。天皇家が無茶苦茶なことをやっていると、ちょっと外に出て批判したり。その後、どこかに逃げたりね。

船瀬　ドンツク、ドンドンって、やっていたんですよ。

シンギング・リンは松果体に作用する

秋山　船瀬先生、シンギング・リン、試されますか？

（＊秋山先生がシンギング・リンを鳴らす）

船瀬　病気治っちゃうね、これ。完全な音楽ヒーリング療法ですね。

秋山　はい、音響療法です。

船瀬　もう、波動を見事に調整するね。これは治るわ。

秋山　早いんですよ。ここにきて、まず音を出して、「あわうた」まで歌うと、本当に重かった人も軽くなりました。

船瀬　生理学的にいえば、自律神経系が交感神経から副交感神経のほうにシフトする。

秋山　そうなんですよ。リラックスするんですよ。

船瀬　脈拍、呼吸。血圧が落ち着き、疲れがとれる。

秋山　これ頭に被ると、もっとすごいんですよ。ちょっとやってみます？　4倍早いといいうか、脳波が整うんです。

船瀬　すごいね。病院でこれを使ったら、いろんな患者さんの病気が、劇的に治りそうだよ。

秋山　そうなんですよ。使っているところもあるし。

（＊音を鳴らす）

船瀬　いいね。脳の中に音が響く。「音響免疫チェア」と通じるところがあるね。

秋山　そうですね。

船瀬　梵鐘《ぼんしょう》の音が脳の中から聞こえてくる。これは松果体にきちゃうね。本当、病気治っちゃうな。

秋山　全身リウマチで体が痛くてしょうがない人が、これをやっただけで楽になりましたって、すぐに買います、と言って、帰って行きました。

船瀬　病気の方々は、ほとんどは自律神経失調なんですよ。緊張から来ている。だから、それを整えるには最高じゃないかな。

秋山　そうなんです。リラックス効果がすごい。脳波は、本当にすぐ変わるんですよ。特に被ると早い。

船瀬　副交感神経のリラックスモードに、すーっとシフトする感じ。

秋山　はい。もう大学の研究成果が出ているんです。

船瀬　素晴らしい。

秋山　これは波動療法です。まさに。

船瀬　波動療法が有効という、何よりの証拠ですね。

秋山　そうです。音霊という波動療法です。

他にも、石もヒーリングで使いますが、石の断面を変化させると波動も変わるんです。

船瀬　いわゆる結晶体。

秋山　そう。結晶体です。結晶体が、この神聖幾何学からできています。

船瀬　1つのエネルギーを生み出す、共鳴体になっているわけだ。

秋山　そうですね。

船瀬　すごい。薬物療法は、いよいよ終わりですね、やっぱり……。

秋山　そうです。あんなものは原始時代。

船瀬　終わらせようとしている俺でさえ呆れている。だから、医者も本当に、かわいそうだね。必死で守っているんですよ。自分たちの眉間にしわ寄せて。

でも、流れの変化は誰にも止められない。

秋山　利権を守ろうとしていても、幸せじゃないですよね。

船瀬　ほとんどの医者は、顔が不幸せそうだもん。『veggy』の連載あって、リレー連載で。現代の医者は人殺しだって、俺書いたりしたの。そうしたら、その翌日に連載が医者の白川さんなんだって。あとでご本人が、「前回、船瀬さんから人殺しと罵られた、人殺しの1人でしたが」って（笑）。参っちゃったよ。

秋山　また白川さん、それ冗談で言っているんじゃなくて、まじで。

船瀬　そうなんだよ。

秋山　そういうふうに自分もやっていたって、罪深さまで感じちゃう人でしょ、あの方。セミナーでも、さんざん人を殺しました、なんてね。

船瀬　そう言ってた？

秋山　言ってましたよ。

船瀬　ガンを扱っている医者は、1人で平均1000人の患者を殺していますから、猛毒抗ガン剤などで……。

秋山　ここにも、お医者さんがたくさんいらっしゃるんですね。ある方が元気になると、芋づる的に来るわけですよ。予防的にいらっしゃる方とか、ロックフェラーのように。

あるとき、30代の外科医の方が来たんです。外科医ですから、ガンの患者さんをたくさん担当されていて、抗ガン剤を使うと。そこで聞いてみたんですよ。「抗ガン剤の治癒率ってどのくらいなんですか?」って。そうしたら、正直言って、今まで治った例は見一例もたことありませんと。でも、それしかないんですよ。現代医学のお医者さんとしては。

感性を優位にして魂が喜ぶことを始める

船瀬　その論理矛盾もすごいよね。S先生って、僕の友達だけれど、ガンの患者の研究をしてるのね。

秋山　そうですね。千島学説などもね。

船瀬　Sさんが60歳くらいだったときかな、講演されたときに、「私は内科医になって35年、ガン患者の方を850人診て参りました。そのうち全員に、私は抗ガン剤を投与しました。

約850人。そのうち、500人には手術を行いました。ここではっきり申し上げますが、その850人の中で今生きている方は、1人もいません」って言うんだよ。
秋山　切りまくったって言われていましたよね。
船瀬　それで、
「私ははっきりここで断言いたします。抗ガン剤でガンを治すことはあり得ない。そして、手術でガンが治ることもあり得ない。
だから私は、本日をもって過去の医療と決別して、代替療法のみに専念します」って言ったんです。
秋山　言い方を変えれば、850人殺したって報告しているわけですね。
秋山　でもね、そこで振り返って言えるって、ご立派ですよね。
船瀬　そうだね。この態度は立派だと思う。普通は知らぬ顔してオシマイですよ。だって、良心が痛むもの。
だから僕は、内科医は平均1000人は殺しているなってそう確信持ったの。
結局、悪いですよ、現代医学は。
秋山　必要なのは本当に救急だけですね。
船瀬　ロバート・メンデルソン医師が言っているように、救急医療だけを残して、あとはもう退場を願うしかないって感じだね。

で、秋山先生がなさっているような、波動療法ですよ。ファスティングと波動。僕は、ファスティングはバイブレーションだって言っていますが、間違いないです。バイブレーションで診断し、調整し、そしてファスティングで根治すると。体質改善になる。

秋山 魂が喜ぶことを、みんな始めればいいんですよ。

船瀬 そういうことだ。

秋山 そうしたら、病気どころか、もう健康、健康、健康だよね。病気のことなんて忘れるわけですよ。本当に好きなことに、喜んで取り組んでいればいいわけですよ。

体のことばかり考えているって、あまり健康的じゃない。

船瀬 変だよね。最近、『週刊現代』とか『週刊ポスト』でも、そればっかりなの。飲んでいい薬、飲んではいけない薬。受けていい手術、受けてはいけない手術。こんなの読んでも楽しくないもんね。今すぐやめたほうがいい薬とかを分けて言うんじゃなく、「全部やめろよ」って言いたい。

秋山 本当ですね。

船瀬　行ってはいけない病院って、じゃあ行っていい病院があるということになる。

秋山　本当ですよ。直感的にこれっていう好きなことが見つかるのって、実は稀なんですよ。

まず、頭でああだこうだ考えることなく、感性を優位にして、惹かれるものをね。

船瀬　楽しいことをやりなさいっていうことだね。

秋山　そう。ここに行ってみたいとか、この人に会ってみたいとか、その小さな感覚を大事にするんですよ。

道端歩いていたら、きれいなお花が咲いている。もっとじっくり見てみたいと思ったら、見るんです。電車に遅れてもいいんです。見るんです。写真を撮りたいと思ったら、撮ればいい。

そうしている中で、例えばジェントルマンに、「お嬢さん、お花がお好きですか?」とか声をかけられて、また違う人生が展開していくことだってあるんですから。

船瀬　「遊びせんとや生まれけむ」なんですよ、人生っていうのは。

秋山　そうですよね。

遊ぶために生まれているんですよ。

船瀬　悲しむために生まれているんじゃねぇよ。
秋山　地球っていうレジャーの星に。
船瀬　レジャーランドですよ。
秋山　遊びに来たって割り切れば、楽しく過ごせますよ。
船瀬　だから、落語聞いて、映画観て。本当は、俺みたいな、医学会の悪を暴こうなんて奴はいなくなったほうがいいんだよ。
だって、本来ならそのために厚生労働省があるんだしね。なんで俺がチェックしなきゃいけねぇんだよって思うよ。
秋山　本当ですよね。
船瀬　税金払ってんだから、お前らまともにやれよ。
秋山　本当に。

ロスチャイルドが糸を引く「リニアモーターカー問題」

船瀬　リニアだって、なんで俺がここまでやらなきゃいけねぇんだよって思うよ。

僕、『リニア亡国論』（ビジネス社）って本を書いたけれど、リニアに関して10項目、全部アウトですよ。

まず電磁波が、安全基準の4万倍ですよ。山口論理（山口歯科医院院長）さん、杉田穂高（日本根本療法協会理事、杉田歯科医院院長）さんが、2人で上海万博のときにリニアモーターカーに乗ったんだって。そしたら、もう、うおーっていうくらい気持ち悪くなったって。

1人はそのあと1年後に、前立腺ガンになったって言っていた。

秋山　磁気の害って意外とノーチェックなんですよね。

船瀬　電磁波は最後の公害と言われているけれど、僕、ロバート・ベッカー（ニューヨーク州立大教授）の本を翻訳したときに気がついた。

要するに、電磁波については、絶対メディアで書いちゃいけない。朝日新聞の記者が言うわけ。電磁波問題は、朝日新聞では1行も書けないんですよって、さらっとぬかしやがった。

日本のマスコミ、世界のマスコミでは、電磁波問題は言ってはいけないんです。これを規制したら、まずアメリカ軍の戦闘能力が10分の1以下になるといわれています。レーダーが使えなくなるしね。あと、これを規制したら、送電線網が全部ストップしちゃう。

秋山 たくさん出ているって言いますもんね。

船瀬 旧ソ連では、送電線から1キロ以内は、一切の建築が禁止になっていたんですよ。1970年代には、電子レンジは販売禁止だった。だって、電子レンジで調理すると、動物性、植物性食材、全て発ガン物質が生じるんですよ。

人体実験でレンジで調理した物を食べさせたら、全員に血液障害が起こった。

リニアなんて電磁波問題だけでアウトでしょ。アメリカのフィリップス博士が警告しているのは、強い周波の電磁波を24時間、丸1日浴びると、浴びるのをやめてからも、ガンの増殖スピードが24倍スピードアップすると。24倍ですよ。それも半年、1年続くという。

だから、放送局もやばい。以前、TBSのTVスタジオを測ったら、普通のビルの10倍以上の有害電磁波強度でした。逸見政孝さんとかね、スキルス性のガンで亡くなりましたよね。

放送局に勤めているアナウンサーがかかるガンは、たいがいスキルス性で猛烈。あれはもう、電磁波によってガンが猛烈増殖するんですよね。

それと、リニア問題ね。次は、コメディです。リニア新駅は品川にできる予定です。東京からリニアで名古屋に行こうと思ったら、まずは山手線とかに乗って品川駅まで行かなきゃいけない。そこからまた港南口まで、けっこうな距離がある。それから地下に降りる。リニア新駅といったら、地下鉄より一番下のほうにある、大江戸線よりさらに下、50メートル以上潜る。それはもう地獄の底……。

秋山　大江戸線でも深いのにね。

船瀬　それよりもさらに下なんですよ。

しかも、リニアって1時間に3本しか名古屋行きが出ない。それ以上は出せない。だから、下手すると、20分待ちになっちゃう。

リニアに乗って、名古屋まで40分で行けたとしても、結局、東京駅からは1時間40分くらいはかかる。

秋山　じゃあ、のぞみ新幹線と変わらないですね。

船瀬　重い荷物ガラガラ引きずって、山手線とか乗ったり移動したり、待ち合わせなどで1時間ぐらいかかるという。

秋山　利用する人いないですね。そんなの。

船瀬　いない。さらに笑ってしまうのは、のぞみでも本当は時速500キロ出るんですよ。エンジニアに変な迷信があってね、鉄の車輪は時速300キロを超えると空回りして、それ以上は絶対前に進まない……といわれていた。戦後、鉄道エンジニアは、それをみんな信じていた。

秋山　確かに、300キロって1つの基準にされていましたよね。

船瀬　だったら、「磁気浮上しかない」と、1962年からリニアの研究を始めたんですよ。ところがです。フランスTGVが軽く時速500キロに達成した。

エーン（泣）、ですよ。

日本の、のぞみ700系は、フランスTGVなんかよりはるかに性能は上です。だから、本気出したら600キロ以上出る。それは危ないから無理としても、500キロなんて軽い。だったら、リニアいらないじゃんってなる。

秋山　確かに。

船瀬　だから、リニアが必要だと思わせるために、210キロまで落として、わざとのろのろ運転で走っているんですよ。実は今ののぞみでも、最高速370キロで走れるんです。

秋山　なんか変な話……。

船瀬　ばかですよ。

秋山　私が小学校のときに、すでにリニアモーターカーがもうすぐ実用化されるなんていってたね。でもけっこう時間がかかっていると思っていたら、そういうからくりがあったんですね。

船瀬　これも、ロスチャイルドなんです。リニア消費電力はのぞみの40倍。ウソだろって話。原発が2機も必要になる。

あっさり短縮して言いますと、例えば四国に巨大吊橋あるでしょ。本州四国架橋。あれが当初の予算の4・6倍の費用がかかっているんですよ。

秋山　そんなに？

船瀬　リニアも大阪まで走らせた時点で、9兆円予算って言っているけれど、市民団体が予算の根拠を示せって言ったら、ひとつも示せない。

南アルプス全工程の9割はトンネルですからね。南アルプスは破砕帯もある。もう、工事費は天井知らずになります。本州四国架橋でも4・6倍になっている。これは、確実に5倍以上になる。50兆円を超えるだろうと。そうなったら、国家財政が破綻するといわれています。

秋山　逆に、それで喜ぶところもありますよね。

船瀬　そういうこと。ロスチャイルドですよ。僕は最後に、この本『リニア亡国論』（前出）に、エアロトレインという代替案を出した。東北大学の、小濱教授が開発したエアロトレインは、磁気浮上じゃなくて、空力浮上。翼がちょっと生えている。

地面効果（注　航空機などが地面の近くを飛行するときに、翼と地面の間の空気流の変化に影響を受ける現象）といって、地面から約1メートルくらいのところが一番浮きやすい。カモメは、水面近く羽ばたかないのに、すーっと飛んでるでしょ。

秋山　美しいですよね。

船瀬　あれが地面効果なんですよ。

この効果を持つエアロトレインは、時速500キロ出る。一方は磁力で浮かんで、一方は空力で浮かぶ。さらにすごいのは、新幹線と同じ建築費でできる。

そして、燃費がすごい。いいですか。500キロ出るにもかかわらず、電気代は新幹線の3分の1ですむ。

秋山　素晴らしい。いいことづくめじゃないですか。

船瀬　いいことづくめ。小濱教授は、30億円の予算を申請した。この資金で、人が乗れるプロトタイプができる。でも、却下！

一方でリニアは、３兆円、安倍さんがポーンとプレゼントした。

こっちは、30億円、あっちは、３兆円だよ。国を滅ぼそうとする〝工作員〟かっていうの。森友問題、加計学園のスキャンダルなんて吹っ飛びますヨ。

秋山　本当にね。

船瀬　こんなこと言ってたら、また命狙われる（苦笑）。

秋山　頭下がりますよ。本当に。

船瀬　だから、講演で落語のものまねするくらい、息抜きなのです（笑）。

秋山　本当ですね。こうして笑って話せちゃうところが、逆に覚悟して腹を決めているとわかりますね。

船瀬　僕は笑いながら書いているからね。まったくもう、コメディだなと思って。

こんなことを書いた『リニア亡国論』（ビジネス社）のサブタイトルは最初、「壮大なるコメディである」ってしておいたんだけれど、やっぱり出版社のほうで、もうちょっと真面目なサブタイトル（「これでもあなたは〝夢の超特急〟に乗る気になれるか⁉」）になった。

こんなとんでもない話になってるのに、テレビでリニアのリの字も言わないでしょ。ダムの底のイノシシ救出作戦は生中継するくせに（笑）。

平和の意識を持っていれば守られる

秋山　この間、岡山にいったときですけれど、岡山の水害（注　2018年7月に発生した西日本豪雨に伴う水害）が、電力会社がわざとやったものだっていうのを聞かされてびっくりしましたよ。人災だとは聞いていたけれどね。

船瀬　ダムを放流したんでしょ。あれ、ばかだね。

秋山　実はもう、ダムの貯水池にヘドロが溜まって、水位の変化が少なくなって、発電量が落ちていた。そのたまったヘドロを一気にきれいにするために……。

船瀬　どーんって流して、掃除するんです。

秋山　そう。それをわざとやったというんです。

船瀬　鉄砲水にして。

秋山　雨は小降りになってきたから、大丈夫だと思ったというんです。中国電力の説明では。放流したのは認めているんですよ。

雨が降り続けて、いっぱいになってダムが決壊したら大変な被害だったからって言い訳していいるんだけれど、そんなばかな、って。

船瀬　もともと、決壊しないようにつくってるのにね。

秋山　そうそう。どれだけ降ればいっぱいになるかもわかるし、上のほうから放流すればそんなこともなかったんですけれど、ヘドロを掃除するためにね。

船瀬　要するに、やってはいけないことを最悪のタイミングでやっちゃった。

秋山　そのヘドロが、すごい刺激臭だったと。要は、化学薬品の凝縮されたやつ。民家が軒並み、そのヘドロで埋まっちゃったりしたらしい。肌に触れただけでかぶれるんですって。悪臭がひどくってね。普通の泥だけだったら何ともなかったんです。

船瀬　一切、報道されないよね。

秋山　前にもそれで、裁判になったこともあったらしいんだけれど、今回も訴えるとか言っててね。そういうのって報道されない。現地に行って聞かないとわからない。

船瀬　新聞はもうアウトです。

雨が異常に降ったのも、気象兵器HAARPで間違いないって、みんな言っています。なぜか？　通常は雲が海の上で発生して、それで雨が降るはずなのに、陸上で4日とか経っても、雲が発生し続けた。これまでの歴史であり得なかった、前例がないってみんな言っていた。

直立型降雨雲なんていって、あんな一直線に並ぶ雨雲なんて昔なかった。

秋山　過疎のところを狙ってやったそうですね。市役所とかあるところはやらないようにして。

船瀬　この国は終わりだね。友人の飛鳥昭雄さんも書いていたな。HAARPの実験場になっちゃったって。

秋山　でも、住んでいた人が言っていたんだけれど、私が綿棒アートのフラワーオブライフを納めたお宮は、被害がなかった。まったく平地にあるのに、お宮と、その半径20メートル圏は、まったく無事。本当に、平和の意識を持っているのは守られるんですよね。

船瀬　やっぱり高波動なのかな。

秋山　そう。周りは地獄絵図だったと。

「秋山さん、お宮はまったく大丈夫なんだけれど、フラワーオブライフを納めてくれれば、周りに光をもたらすことができるから、ぜひ来て」ということで呼ばれたんです。

でも、そういうひどいことがあったけれど、逆に良かった面もあると。それは、人々が助け合いをするようになったこと。

船瀬　祈りと波動のエネルギー。

秋山　前はよそ者には厳しくて、「よそ者は、ごみ箱の設置にお金を出していないからごみを出してはいけません」って意地悪をしていた。

船瀬　自治会費払わないと、そういう意地悪を受けるって言うよね。

秋山　だって、引っ越してきたらしょうがないですもんね。それで、さんざんいじめとかあったんだけれど、痛みを知って、みんなあいさつしたりするようになった。

船瀬　ごみを出しちゃ駄目だって言われちゃかなわんよな。

秋山　だから、何がいいか悪いかわかりませんね。

船瀬　感謝するしかないね。ストレスっていうのは、はっきり言って嫌なことだからね。嫌だなって思ったらストレスになるんですよ。

秋山　そうですね。

船瀬　「嫌だな」と思うと、アドレナリンがうわって出るんですよ（笑）。

秋山　山田征さんが、環境問題に携わっているんですけどね、ある時期、原爆の被害者にパネルを借りて、その悲劇を伝えるために、世界中回っていたそうです。

船瀬　すごい行動力だよ。

秋山　80歳の方だけれどすごい行動力。それで、そのパネルを貸した方に、山田さん、悪には悪の意味があるんですよ、人は悪いことから学ぶんですよって言われた。

そのときは全然理解できなかったんですって。悪なんかないほうがいいと。

でも、そんな大自然の中で調和して、平和に助け合いで暮らしていたら、進化や発展があるのか、という問題提起があって。逆に堕落しちゃうんじゃないかって思うようになったそうです。

船瀬　のんべんだらりって。安保徹先生も言っていたな。

安保先生、好きだったな。

秋山　甲田先生が遺された、健康村ネット21という大阪でのイベントの10周年の記念に、森美智代さんと昇幹夫先生に呼んでいただいたんですね。

安保徹先生が午前中に免疫の話をされたんです。午後が私の講演だったんですけれど、そこでもコーヒーを持っていって、懇親会でも出しました。３００名くらい集まったんですよ。

船瀬　すごいね。

秋山　そのときが、安保先生とゆっくり話せた最初で最後だったんですね。

そのあと、安保先生と親しい若い女性の編集者が、私に通信の健康相談を申し込んできて、メールでやりとりをさせていただきました。

船瀬　安保先生は、「あんた、何も食べてないで、目回らねぇの？」とか、津軽弁のあったかい話し方するんだよ。

秋山　そういう優しい感じ。その編集者が、安保先生と会われたんですね、安保先生が秋山さんのことをたくさん話していましたよと言ってたんです。本当に恥ずかしいくらいの褒め言葉で。

そんな話を聞いて2週間くらいして、長堀優先生から、亡くなったという知らせを聞いたんです。

船瀬　俺なんか、ニューヨークにいた健先生からの電話で知ったよ。「船瀬さん、知ってる？」って、「え、何が？」って言ったら、「安保先生が亡くなっちゃったんだよ」って。

秋山　新聞も報道しなかったんです。

船瀬　訃報欄にも載らないんだよ。恐ろしいね。

僕の本も全部、大手新聞社では広告拒否だから。マスコミのブラックリストがあるらしい。

祝・卒婚！ 全ては癒され新しいステージへ

秋山 その訃報を聞いたときに、安保先生から言っていただけた言葉が一気によみがえって、何かバトンを渡されたように思ったんです。
綿棒アートでも私のミッション始まっちゃって、もう健康相談やめるわ、卒婚しちゃうわ。

船瀬 〝卒婚〟っていうのは？

秋山 離婚。

船瀬 おめでとう。私のできないことを、よくぞやった（笑）！

秋山 綿棒やったらできますよ（笑）。

船瀬 僕は、今のところ幸せな別居状態……。

秋山 いいですね。幸せだったら。フェイスブックで卒婚を公表したんですよ。そうしたら、みなさんからおめでとうございますって、お祝いコメントがたくさん入って。「いいね」が1000件以上つきました。ピンクレディーのミーちゃんが来てくれて一緒に撮った写真への反響もすごかったんですが、それよりも多めだった。

船瀬　卒婚っていい言霊です。なかなか面白いよね。

秋山　まったくもめなかった。

船瀬　無理が無理を呼ぶ夫婦っているけど、あれはもう、溜まっていくでしょ、悪いエネルギーがね。

秋山　そうですね。

船瀬　それだったらお互い自由になったほうがいい。神サマは、もともと人間を自由なる存在としておつくりになったのだから……。

秋山　私はやり切った感もあるので。本当にお互いエールを送り合い、20年の結婚生活に感謝してね。

船瀬　また次のステージに行けばいい。

感謝と喜びと笑い……があれば、全ては癒され、満たされるのです。

「大団円」ですね！

秋山　そう。今は、新しいステージに立ったと思えます。今後がますます楽しみです！

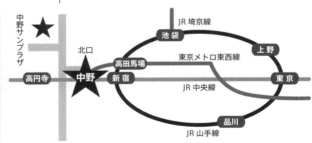

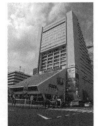

船瀬　俊介
Shunsuke Funase

1950年、福岡県生まれ。日本消費者連盟に出版・編集スタッフとして参加し、
『消費者レポート』の発行など消費者の啓蒙活動を行う。

1986年、独立。衣食住問題を中心に執筆、評論、講演活動を続けている。共著『買ってはいけない』シリーズが200万部の大ベストセラーに。消費者問題に始まり、地球環境問題のほか近年は医療・健康問題など幅広く出版、講演活動を行う。

近著には『あぶない抗ガン剤』、『未来を救う「波動医学」 瞬時に診断・治療し、痛みも副作用もない』、『肉好きは8倍心臓マヒで死ぬ』、『維新の悪人たち　「明治維新」は「フリーメイソン革命」だ!』(共栄書房)、『魔王、死す！』、『牛乳のワナ』(ビジネス社)、『船瀬俊介の「書かずに死ねるか！」』、『新聞・テレビが絶対に報じない《日本の真相！》(シリーズ３冊発刊)』(成甲書房)、『「健康茶」すごい!薬効　もうクスリもいらない 医者もいらない』(ヒカルランド)など多数。

秋山　佳胤
Yoshitane Akiyama

1992年　東京工業大学理学部情報科学科卒業。
1998年　弁護士登録(東京弁護士会)
2008年　ロータス法律特許事務所設立。知的財産権を専門とする。
2012年　医学博士号(代替医療)取得
日本ホメオパシー医学協会(JPHMA)・英国ホメオパシー医学協会(HMA)認定ホメオパス。
2011、12年熱帯雨林保護のミッションでアマゾンを訪問、地球サミット参加、熱帯雨林保護を目的とするNGOグリーンハート理事
2012、13年、平和使節団としてパレスチナ、イスラエル訪問。コーヒー豆の焙煎歴約30年「ロータスコーヒー」として提供。(社)シンギング・リン協会理事、ライアー、インディアンフルート・石笛奏者、神聖幾何学アーティスト、日本神聖幾何学協会理事

著書に『誰とも争わない生き方』(PHP研究所)、『食べない人たち(「不食」が人を健康にする)』『食べない人たち ビヨンド(不食実践家3人の「その後」)』(共著、マキノ出版)、『不食という生き方』(幻冬舎)、『秋山佳胤のいいかげん人生術』(エムエム・ブックス)『しない生き方』(イースト・プレス)『あなたの宇宙人バイブレーションが覚醒します!』(共著、徳間書店)『宇宙的繁栄を勝手にプレゼントされる魔法のことば88』(徳間書店)『あなたは光担当?闇担当?　選べば未来は一瞬で変わる』(共著、ヒカルランド)などがある。

船瀬《ふなせ》 俊介《しゅんすけ》 &秋山佳胤《あきやまよしたね》

令和《れいわ》元年《がんねん》トークライブ「大団円《だいだんえん》」

波動《バイブス》と断食《ファスティング》が魂《たましい》の文明《ぶんめい》をおこす

船瀬《ふなせ》 俊介《しゅんすけ》　秋山《あきやま》 佳胤《よしたね》

明窓出版

令和元年七月二十日　初刷発行

発行者——麻生 真澄

発行所——明窓出版株式会社

〒一六四—〇〇一二

東京都中野区本町六—二七—一三

電話　（〇三）三三八〇—八三〇三

FAX（〇三）三三八〇—六四二四

振替　〇〇一六〇—一—一九二七六六

印刷所——中央精版印刷株式会社